문학촌 동인시집

들풀 꽃이 피다

문학촌 들풀 꽃이 피다

발 행 인 – 김광운

편 집 장 – 김현안
편집위원 – 이정순

"문학촌 동인들과
들풀 꽃이 피다 동인시집을 발행합니다"

들풀 꽃이 피다 | 문학촌 동인시집

초판1쇄 인쇄 : 2020년 2월 5일
초판1쇄 발행 : 2020년 2월 5일
펴낸곳 | 도서출판 그림책
주 소 : 경기도 수원시 영통구 이의동 웰빙타운로 70
전 화 : 070-4105-8439
E = mail : khbang21@naver.com
지은이 : 들풀문학 동인 55인
발행인 : 문학촌(검정서원)
제작 및 유통 : 도서출판 그림책
표지디자인 : 토마토

문학촌 동인시집

들풀 꽃이 피다

2020 들풀 꽃이 피다 동인시집을 펴내며

버려진 듯 곳곳에 흩어져 살지만 메마른 들판에도 질서가 있다

가시넝쿨 속에서도 물주지 않아도
제법 오순도손 서로를 의지하며 피어간다

서양에는 위대한 지도자가 문화예술을 부흥시켜
일명 르네상스 시대라 한다
동양에 우리의 위대한 지도자 세종대왕 시기에도
각 분야에서 문화예술과 더불어 인문학시대가 열리고
드디어 그 열매로 한글을 창제하셨다

우리 동문회도 미래30년 원년의 시작에 사랑을 실천 하시는
우리 모두가 존경하는 문주현 총회장님과 250만 동지들이 있어
찬란한 검정인 시대가 열렸다

작금의 우리 들풀동인지도 향기로운 들꽃이 만발하려 합니다
담장아래 여기저기 흩어진 들풀들이 봉오리를 맺고 피기 시작해서
영원히 아름답게 향기를 뿜도록

누가 계속 이 아름다운 꽃밭을 가꾸어 줄 수 있을까요?

늘 아낌없는 후원을 해주시는 총회장님과 바람을 탓하지 않고
꽃을 피운 바로 우리 문학촌 문우들입니다

여러분 모두 감사드립니다.

김광운
1951년 전남출생
문학촌·검정서원 들풀문학 발행인
한국방송대학교 국문학과 2회 졸업
高大컴퓨터과학기술대학원수료
서울예술대학교 졸업
(시·소설창작 부전공)
대통령표창상수상
문화체육부장관표창 2회수상
대진대학교 출강

前(사)한국직능단체총연합회 감사
(憲)민주평통자문위원 11~18기
(사)한국문화예술진흥원장

들풀 꽃이 피다 '문학촌' 동인시집 발간을 축하드리며

– 문주현(전국검정고시총동문회 총회장)

검우인 여러분!

경자년 새해 복 많이 받으시기 바랍니다.

여기 30년만에 핀 꽃이 있습니다. 우리 검정고시 문학촌에서 그 동안 검우인들의 가슴 속 깊이 품어왔던 멋진 시상(詩想)들이 들풀의 꽃으로 피어났습니다. 축하와 감사를 드립니다.

우리는 누구나 꿈을 안고 살아갑니다. 그러나 그 꿈은 결핍이나 불만족으로부터 생겨난다고 합니다. 만족한 사람은 꿈을 꾸지 않습니다. 부족한 무언가를 채우고자 갈망하고 희구하는 욕구와 배고프고 추운 곳에서 우리는 꿈을 꿉니다. 우리 검우인들은 누구나 할 것 없이 모두 이러한 꿈들을 자양분 삼아 오늘에 이르렀습니다. 들풀도 꿈을 가졌기에 온갖 시련을 극복하고 마침내 꽃을 피우지 않았을까요?

들풀처럼 강인하고도 부드러운 내면을 지닌 문학촌 동문들의 무한한
상념(想念)들이 열매를 맺어 활자로 다가왔습니다. 250만 검우인들과
함께 다시 한 번 더 들풀문학 동인시집 출판을 축하드립니다.

그리고 그 동안 문학촌의 활성화는 물론 들풀문학과 시집의 출간을
위해 아낌없는 열정과 노고를 보여주신 김광운 문학촌장님께 전국
검우인들과 더불어 다시 한 번 깊은 감사를 드립니다.

문주현
전국검정고시 총동문회 총회장
한국자산신탁 회장
한국부동산개발협회 회장
MDM그룹 회장
문주장학재단 이사장

축사

검정고시인들의 쾌거

— 이광복(소설가·한국문인협회 이사장)

2020년 새해가 밝았습니다. 모든 문학인들의 건강과 행복을 기원합니다.

들풀문학 『들풀 꽃이 피다』 출간을 축하합니다.
이 동인지는 검정고시인 동문들이 간행하는 순수문학지로서 숱한 후학들에게 삶의 향기를 전하게 될 것입니다.

우리나라에는 많은 문학지가 있습니다. 하지만 검정고시인 동문들이 문학지 창간호와 동인시집을 내기는 이번이 처음입니다. 이는 총동문회 문주현 총회장님과 문학촌 김광운 촌장님의 열정에서 비롯된 일입니다. 따라서 이 동인시집 출간이야말로 검정고시인들의 쾌거가 아닐 수 없습니다.

우리 한국문인협회 회원 중에도 들풀문학의 동인들이 여러분 계신 것으로 압니다. 여기 『들풀 꽃이 피다』 동인시집에 수록된 작품들이 인간의 심성을 자극해서 삶을 아름답게 전하고 어려움 속에서도 희망을 가지고 출발하는 많은 후학들에게 희망의 메시지가 되기를 간절히 기원합니다.

검정고시 출신 중에는 문주현 총회장님 및 정세균 국무총리님, 교육감님 훌륭한 분들이 참 많습니다. 자랑스러운 일입니다. 온갖 어려움을 극복하신 검정고시인 출신들이 우리 사회에 우뚝 서서 중추적인 역할로 활동하시는 모습에 큰 응원을 보냅니다.

이 들풀문학 공동체에는 검정고시 출신으로 큰 기업을 이룩하신 훌륭한 분들도 널리 참여하는 것으로 압니다. 한국 문학계에도 관심을 더해 주시고 의미 있는 삶을 영위하는 아름다운 희망의 콘서트가 되리라 믿습니다.

들풀문학에 참여하신 모든 작가님들께 경의를 표하며 미래의 꿈을 목표로 열심히 살아가는 우리 시대의 청년들에게 희망의 이정표가 되리라 확신합니다. 감사합니다.

이광복
(소설가·한국문인협회 이사장)

Botanic Park Wedding & Convention

Botanic Park
Wedding & Convention

'피어나다' 보타닉 파크 웨딩&컨벤션의 브랜드 컨셉 '피어나다'는 일생의 가장 아름다운 순간을 맞이하는 분들을 위한 축복이자 새로운 시작을 향해 나아가는 고객님들의 밝은 미래를 위한 바람입니다. 보타닉 파크 웨딩&컨벤션의 브랜드 아이덴티티는 새롭게 피어나는 꽃의 형상을 상징하고 신부의 면사포에서 느껴지는 설렘과 새로운 시작을 나타내며, 다양한 형태로 유연하게 변화함으로써 정형화되지 않은 자연스러움과 유연함을 표현합니다.

Address : 서울시 강서구 마곡중앙5로 6 보타닉 푸르지오시티 B2
9호선 마곡나루역(1번 개출구와 연결, 도보 1분)
지번 : 서울시 강서구 마곡동 282-2번지
Telephone : 대표전화 TEL 02-2662-8300 FAX 02-2665-8600

상호 : 보타닉파크웨딩
사업자번호 : 618-85-11703 / 대표자 : 문순애

문학촌 동인시집

들풀 꽃이 피다
초대작가 1

들풀 꽃이 피다 초대작가

용혜원

.
.
.
.
.
.
.

용혜원
한국문인협회 회원
한국기독교문인협회 이사
인문학 강사 시집 90권 시선집 10여권
총 저서 200권

풀벌레

- 용혜원

언제부터
인생철학을 터득하고 깨달았는지

어느 때부터 참선하고
도를 닦았는지

삶이 울음뿐이라는 걸
가슴 깊이 터득했나보다

풀벌레가 풀 사이에서
목청껏 울다 떠난다

들풀 꽃이 피다 초대작가

장충열

·
·
·
·
·
·
·
·

장충열 시인
사) 한국문인협회 낭송 문화위원장
사) 국제PEN한국본부 문화예술위원
한국낭송문예협회장, 한국문협 평생교육원,
대학, 문화원, 문화예술단체 감성스피치 강의
전국시낭송대회 심사위원 외
시집-『연시, 그 절정』『미처 봉하지 못한 밀서』외
수상-제3회 한국문학인상, 제6회 서초문학상.
제1회 한국작가 낭송문학대상
대한민국브랜드대상 (낭송부문) 제21회 세종명인문화대상,
제1회 상록수 낭송문학대상 외

바오밥나무

– 장충열

때로, 세상을 거꾸로도 볼 일이다

바로 쳐다본다고
다 똑바로 보이는 것이 아니기 때문이다
세상 속내는 요지경이기도 하고
허무와 실패는 숨어 있기 마련이다
축복 받아야 백년 사는 인간이
천년의 지혜 물으면
메아리 없음을 원망 말고
사려 깊이 뿌리 내리라 한다

어린왕자의 꿈으로 피는 커다란 별꽃 매달고
뿌리 공중으로, 섬세한 촉수 뻗어
자신의 하늘 바라보게 하는 나무
나무별에서 온 바오밥은 석양에 물들며
시끄런 세상 향해 고요한 진실을 말한다

때로, 세상을 거꾸로도 볼 일이라고.

들풀 꽃이 피다 초대작가

이택근

· · · · · · · · ·

이택근
예산농업고등 전문학교 졸업
청운대학교 졸업
들풀문학 동인작가
경희대학교 국제법무대학원 수료
중앙대학교 주택 및 자산관리최고 경영자과정 수료
현재) 륜덕종합건설주식회사 대표

겨울나목

– 이택근

살아남을 지혜로 훌훌 벗어준 알몸
겨울 찬바람이
구석구석 애무한다

몸부림치는 가지들 속에서
가느다란 신음소리 들린다
연둣빛 새잎을 잉태하기 위한 행위의 소리다

사랑의 밤이 깊어 갈수록 새벽처럼
자연의 질서를 지키기 위한 거룩한 모습
조용한 침묵의 교훈이다

야릇하게
내 몸에도 더운 피가 흐른다

때 이른 봄빛 새어 들어옴을 느낀다.

들풀 꽃이 피다 초대작가

성용환

· · · · · · · ·

대구광역시 달성군 출생
대구공업대학교 졸업
좋은문학 신인상 수상
한국문학상 수상(한국문학협회)
한국문인협회, 대구문인협회, 정회원
누리문학 영남지부장
효성간병인협회 대표
저서:시집 "달팽이" 공저:"시목"외 다수

입춘대길

- 성용환

잔설 뚫고 나온 새싹
불어오는 꽃샘바람에 아기 주먹처럼
앙증맞은 모습
나무는 안타까운가 보다

차디찬 먹구름 해를 가리고
나무는 힘껏 비질해보지만
성긴 가지 비껴가는 바람 소리뿐
아무 소용이 없다
그래도 천방지축 올라와 웅크린
저, 철없는 것들

나무는 성큼
시간 한 폭을 접어 서둘러 꽃피우고
예쁘게 커가는 어린 것 바라보며
그렇게 조금씩 늙어갔다

새벽 칼바람 소리 지금도 쟁쟁한데
낡은 대문짝 베고
자는 듯 누워있는 늙은 입춘방
내리는 봄볕이 아기 볼처럼 붉다.

문학촌 동인시집

들풀 꽃이 피다

발 행 인 – 김광운

축   사 – 문주현

          – 이광복

초대작가 – 용혜원, 장충열, 이택근, 성용환

편 집 장 – 김현안
편집위원 – 이정순

들풀 꽃이 피다 참여작가

고성호 김광운 김미숙 김상철 김시하 김원복 김해식 김현안 김현희

나재선 남영순 남혜인 마석근 박상철 박판수 배준성 배행순 백영호

변상오 신이숙 성병찬 오서진 윤길덕 이명국 이범문 이영남 이은숙

이태석 이택근 이현수 정금진 장기양 정주현 정지우 정순이 정태하

정현주 조병엽 조용환 조준호 최경순 최춘희 하나연 한능심 한옥련

한용희 황금선 황정원 용혜원 장충열 성용환 김세정 이정순(57)

이정순(77)

"문학촌 동인들과
들풀 꽃이 피다
동인시집을 발행합니다"

들풀 꽃이 피다
초대작가 2 – 김세정 / 박판수

– 김세정 作

千日野花

– 김세정

낮과 밤
해와달이 이어지는 빛과 그림자의 조화
神은 우리에게 색의 비밀을 은밀히 가르쳐 주셨다
밝고 어둠의 소리 없는 전율을
그것은 파도보다도 강렬하고
번개보다도 질곡히 각인되며
산맥보다 장엄해서 위엄있으며 꽃보다 더욱 애잔하다
사람보다 사랑스러운 조화로운 그 빛의 변화를 우리는
눈을 통해 보아온 것이다
들판에 핀 것이 어디 꽃이었으랴!
우리 인생이 아니였던가!
너, 나 우리와 어우러지는 세상밭
그속에 들꽃처럼 핀 우리네 인생사
사랑은 빛따라가고 그 빈자리에 남겨진 우리의 보석상자
같은 마음의 조각들
영원을 향하고 싶은 우리의 이상을 바람결에 실어보내며
가버린 빛과 남겨진 우리의 사랑
그래서 인생의 맛은 묘미롭다
그대 얼굴에 그려진 꽃잎같은 느낌은
그대가 가꾸어온 마음
아! 우리는 각자 마음밭을 가꾸어 피운 꽃을
얼굴이라 들고 다니는구나
이 나이 들어서야 얼이 담긴 굴레가 얼굴임을 알았네
천년 만년 피워왔지만, 오늘 또다시 피어있는 저 들의 꽃들을
나는 1000일을 피어온
들꽃같은 우리네 인생을 노래하고 싶다.

– 김세정
한국미술협회
여성분과위원장
서울미술협회 부이사장

빛

- 박 판 수

나는 떠난다
태양의 이글그림 속에서
불똥을 튀기며

끝이 없는 어두움의 공간을 가로질러
태초의 삭막한 무거운 침묵을
날카롭게 쪼개며

역사의 수레바퀴를 힘차게 돌리기 위해
끝없는 어두움의 공간을
나는 달린다

봄날 아지랑이와 함께
춤을 추고

무더운 여름날엔 해변의
모래알 속에서 뒹굴고

가을엔 터진 석류의 이빨 사이로
환하게 웃는다

그리고 겨울엔 양지쪽에 쭈그리고 앉은
촌로의 주름살 위에서
인생을 말한다.

- 작품 해설 : 태양의 빛을 의인화 한 것입니다.

- 박판수 作

박판수
1950년 생
경북 왜관 출생
한국방송통신대학교 (국어국문학과)
한국작가협회 정회원. 성북구 작가협회 회장
시집: 아픔속에 피어난 미소
공무원 미술대전 은상. 제1회 금연사진공모전 대상

들풀 꽃이 피다

들풀, 꽃이 피다

들풀, 꽃이 피다 축사

들풀, 꽃이 피다 초대작가 1

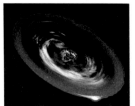

하루

– 고성호

내게 또 주어진
오늘이란
선물
감사하여 살아야지

오늘을 맞이하지
못하고
떠나가는 분들도 엄청 많을 텐데……

하루라는 선물
죽어가는 영혼들에게
줄 수 있다면 얼마나 좋을까?

내일이란 오지 않을 수도 있으니
만나는 이들에게
친절함과 미소라도 베풀면서 살아야겠다.

고성호
1957년 생
서울 출생
들풀문학 등단
중앙대 대학원
교육자 활동

환경 미화원

- 고성호

출근길에
청소하는 모습을
보면

늘 기쁘고

나도 마음의
청소를 하게 된다

그분들이 있기에
거리가 깨끗하고
화장실이 깔끔하고

그래서
늘 그분들을 존경한다

우리 모두
마음의 청소를 깨끗이 하자

그러다보면
이 사회 이 나라가
깔끔해져 행복한 나라가 되리라

그들을 본받자

눈물

– 고성호

언제부턴가
자주 눈물이 흐른다

눈 라식하고 백내장 수술 후
얼마 지나
끊임없이 흐르는 눈물

노안의 눈물인가 슬픔의 눈물인가
늘 손수건으로 자주 닦는다

울고 싶을 때도
기쁠 때도
맘대로 안 나오는 눈물

마시는 물 콧물 눈물 꿀물 꽃물 빗물 등
앞에 무엇이 붙느냐에 따라서
달라지는 물

그냥
별거 아닌 인생
우리 모두 흐르는 물처럼 살다가자

피나니

- 김광운

피나니 피나니
바닷가 흰모래 깔고
솔밭사이로 피나니
바람타고 하얀 꽃피며
밀려드는 파도 소리 들으며
해당화는 그렇게 피나니
내 마음도 그렇게 피나니

김광운
1951년 전남출생
문학촌·검정서원 들풀문학 발행인
한국방송대학교 국문학과 2회 졸업
高大컴퓨터과학기술대학원수료
서울예술대학교 졸업
(시· 소설창작 부전공)
대통령표창상수상
문화체육부장관표창 2회수상
대진대학교 출강

前(사)한국직능단체총연합회감사
(憲)민주평통자문위원 11~18기
(사)한국문화예술진흥원장

검우회 30주년을 기념하여

- 김광운

청년이여!
새 시대   새 문을 열자

둥둥둥 !!! 둥둥둥!!!

아아!!!
어둠을 뚫고
거대한 역사의 용광로는
새피가
흐르듯 큰바다로 큰강으로
성난 파도와 물결로 용솟음친다

새벽이 왔느냐
동트는 시뻘건 태양을 성큼 품자
까만 가슴에 빛의 줄기를 쓸어 담자

도도한 역사는
태산처럼 다가온다
인고의 세월
무엇이 우리를 묶었던가
스스로를 풀어 풀어 헤치고

둥둥둥!!! 둥둥둥!!!
큰 북을 힘차게 두드리고 새벽을 깨우자!

끓어오르는 터질듯 밀러드는
저 새 역사의 쏟아지는 지식의 빛
우리들 품속에 통채로 끌어 않고가자

We can do it
우리 모두는 할 수있어!!!

난 할수 있어!!!

날개를 펼쳐라
새처럼 하늘을 올라
자유를 찾아올라
지식을 찾아올라
어둠의 터널에서 터져나오는
빛을 퍼나르자
새벽을 맘껏 퍼나르자
검우인 창고에 가득가득 쌓자

이제는
움추린 어깨를 활짝펴고
당당하게 떳떳하게
한걸음 한걸음 앞으로
내일 뜨는 새 태양을 품고 가자

동지들이여 손에 손잡고 부둥켜안고
새역사 건설에 힘차게 새 주역이 되자

둥 둥 둥!!! 둥 둥 둥!!!

아리 까리

하야니까
늘 청춘이다
검은 맘속에
수많은 욕망은
오늘도 탑을 세운다

돌아보면
넘 많은 세월에 도전
이제는 풀잎처럼 누웠다
쌓던 일 잠시 멈추고
나를 건설하자

새벽 창 넘어
문틈으로 다가오는 바람
그 속에 시원한 새
만남이 있다고 속삭인다

오늘은 앙상스런
내 마음에 보드라운 님
살포시 다가와 키스할까?

멀어져 떠난 인연이여

분수

- 김광운

나는 누구인가
어디쯤 서 있어야 하는가?
Identity
제 분수를 알아야
세상의 조화로운 역할이 가능하다

물은 자신을 안다
그릇에 자기 역량만큼만
채우는 겸손하고 지혜로운 존재다
모든 사물을 보라
제 자리에 있어야 어울림으로 즐겁다

창간축시

- 김광운

해야 해야 !
크고 붉게 솟아라!

더크게
높이 높이 솟아라

동방의 빛 고운
찬란한 나라

동고서저의 신비하고
예쁜나라

조선벌 종로 골에
뜨겁게 뜨겁게 비춰라

신들려!
외치노라!

배움은 힘!!!

이것이 보고파
빅뱅의 블랙홀 암흑 속에서도
탈출

들풀 키워 野田畓 일구고
씨뿌려

여기
서로 부둥켜안고 목청놓아
마음껏 우린 해냈노라

함성을 지르노라
들풀 문학의
거룩한 노래를

삼천리 방방곡곡에
구석구석 알리노라

이제는
이나라 역사의 당당한 주역으로
미래창조를 합창하리라

동방에 떠오른 찬란한
태양은
중천을 항하여
높이 높이 끝없이 오르리라

이제는
온세상을 환히 넓게 비추노라

삶이 좋다

- 김미숙

하늘이 좋다
늘 푸르러서 좋다
하늘에 떠 있는 구름은 더 좋다
흐르는 모습 보면 따라가고 싶다
어디라도 무작정 가고 싶다
바람이 좋다

봄바람은 살랑 살랑
가을바람은 땀을 식혀주고
농부들 신나게 수확을 하게 한다

늘 함께 하는 가족이 있어 좋다
삶이 힘들지라도 함께 할 수 있음에
든든한 버팀목이 되어준다

우리 문학촌이 좋다
다정한 벗들과 시를 나눌 수 있어 더 좋다.

김미숙
1964년 생
전북 김제 출생
방송통신대학교 유아교육과 졸업
유치원 교사

마음

– 김미숙

마음은 중요하다
모나도 안 되고
물러도 안 된다

역지사지 마음을 항상 유지하고
상대를 배려하는 자세가 중요하다
살다보면 이런 일 저런 일 부지기수다
상황에 따라 어떤 마음을 갖느냐가
무엇보다도 중요하다

난 이렇게 생각해본다
흐르는 물처럼 순리대로
어우렁 더우렁 살아가면 좋지 않을까?
그리고 가슴 한구석에
사랑을 듬뿍 간직하고 있으면
모든 일이 순조롭게 풀릴 것 같다

뭐든지 마음먹기에 달렸다 하지
그래 오늘 부터라도 마음을 비우자
욕심을 버리자
사랑하자
미움은 버리자
행복하자
그래 그렇게 마음먹고 살아가자.

인연

— 김미숙

인연이란 값지고
소중하다
혼자는 이루어질 수가 없다
누군가 있어야 하고 그 누군가에 상처를 받기도 하고
위로를 받기도 하면서 힘을 내기도 한다

문학촌도 나에겐
소중한 인연이다
때론 삶이 에너지원이 되기도 한다
삶의 어려운 여건
속에서도 꿋꿋하게
꿈을 이루는 선후배들이 많다
이 세상에 절망 이란 없다
내일을 바라보며
내일을 꿈꾸며 아름다운 인연을 가슴에 안고서 살아 보련다
꿈을 이루는 그날까지……

어머니

- 김미숙

세월의 흔적이 이런 걸까
긴 세월 앞에 인자하심도, 굳건하심도
변해버린 모습이 아프고 서글프다

요즘 어머니는 아기의 모습이 되어
마음이 짠해진다
어머니 살아 계시는 동안 얼마나 더
행복하게 웃으시는 모습을 볼 수 있을까

어머니께 감사함이요, 고마움이요
건강하셔서 자식들은 행복합니다

어머니의 남은 시간들은 자식들이
지켜드려야 할 몫이라 정성을 다하고 싶다
어머니! 우리 어머니
사랑합니다.

징소리

- 김상철

부엉이가 운다
아주 느리게 운다
울림은 고을을 맴돌다가
만방으로 흩어진다

선율을 타고 번져가는 호소력
진한 울림은 종소리를 닮았다
산천을 물들이고 저승까지 울려 퍼지는
곡진(曲盡)한 울음

한의 울음인가
달의 자장가인가
맞으면서 음률을 토해내는
애절한 절규

김상철
1950년 생 경남산청 출생
창원대학교 국어국문학과 졸업
실상문학상신인상 (시조) 현봉문학상 (수필)
국제신문 논픽션 최우수상외 다수
개인택시 기사
저서: 디카시집 "붉은 웃음" 수필집 "불꽃" 시집 "슬픈웃음"
시조집 "낮달에 길을 묻다" 시사비평집 "푼수 일기"
들풀문학, 장유문학, 경호문학, 김해문협 벨라 동인

북소리

- 김상철

둔탁한 저 소리가
3/4박자로 일어설 때
소들의 울음임을 알 수 있었다

바람소리 같기도 하고
구름소리 같기도 한 울림이 없는
조선의 남정네 바지저고리 입는 소리

아버지는 소장수였다
오일장 날마다 소를 몰고
가축시장으로 떠나셨고
비오는 날은 공치는 날 이었다

소의 간절한 울음 그것이 북소리였구나.

꽹과리 소리

바쁜 걸음으로
북이며 징들의 걸음을 따라
종종 걸음질 쳐 보지만
늘 제자리 맴돌 뿐이다

성큼성큼 큰 걸음으로 달려가는 징소리
또각또각 구두 발자국소리 닮은 북소리
늘 바쁘게 서둘러보지만
선뜻 앞서지 못하는 꽹과리 소리

아픔은 안으로 삼키며
소란을 피워보기도 하지만
주목받지 못하는 출랑이 때려다오
더 세차게 때려 다오
피멍울이 터질 때까지 힘차게 매를 가해다오

누가 사랑을 먹었나요

- 김상철

소곤거림은 속삭임의 친구인가 봐
천천히 아주 천천히 귓속말로
주고받는 소리, 그것이 사랑이었나 봐

친구가 익으면 애인이 되고
애인이 영글면 부부가 되지
둘이서 엎치락뒤치락 한 몸이 되면
아내의 숨소리 가빠지면서
어느새 잉태한 조물주 선물
태아는 나날이 눈을 뜨면서
엄마아빠 묶어주는 끄나풀 되네

에로스의 사랑은 날개를 달고
환상의 창공을 휘감고 돌다
결혼의 올가미인 덫에 걸려
부부는 실재(實在)에 부딪히면서
환상과 현실 속에서 그네를 타네

바람의 언덕

– 김상철

기대 보세요
비록 보이지는 않지만
비록 잡히지는 않지만
당신의 안식처가 될 거요

천천히 걷다가 아주 천천히 걷다가
회오리바람을 만나면 당황스럽죠
바람은 인생살이의 나그네올시다
바람은 인생살이의 이정표올시다
사노라면
소슬바람도 만나고 강풍도 만나지만
겁먹지 마세요

바람의 언덕에
기대보세요 아주 편하게
그러면 바람처럼 한세상이
후딱 지나갈 거요
그때 나에게 편지를 쓰세요
바람의 언덕에 대한 소감을……

비

- 김시하

세상을 깨웠다
세찬 바람이 나무를
윙윙 노래하게 한다

섬광이 번쩍 공간을 채찍질하고
아픔이 우르릉 쾅쾅 포효하니
잉태한 자궁이 놀라 급히
양수를 뿜어낸다

푸석이던 살갗 촉촉이 적시고
쓰라린 딱정이 벗겨내며
새살을 돋게 한다

질펀한 세상 한바탕 들쑤셔
슬픔과 기쁨의 마음 나누고
재회의 이야기
생명의 길 찾아 떠난다.

김시하
1950년 생
경북 안동출생
방송통신대학교 법학과 졸업

효

– 김시하

어린 세상을 느끼고파 놀이터를 찾았다
어린 아이가 엄마손에 이끌리어
종알종알 무엇인가 세상을 말하며
아장 아장 걸음마를 배우고 있었다

그 옛날 나의 어린 시절도
그러한 세상을 찾으려 엄마에게 이끌린
땀방울로
오늘을 찾았을 게다

어둠이 내리니 아이를 품었던 자리는
또 한 쌍의 스승과 제자가 그 자리를 채웠다
하나 둘 하나 둘 잃어버린 걸음마를 디뚱디뚱
남몰래 스승의 땀방울로 그려내고 있다

자 조금만 더 왼발 오른발 왼발 오른발
제자는 잃어버린 발걸음 찾기 위하여
묵묵히 이끌며 똑똑 재활의 문을 두드린다
효를 잊은 세태에 따뜻하고 달콤한 별빛이 달님을 이끌어
밝고 환하게 풍성히 놀이터를 비춘다.

꽃밭

꽃밭을 만들었어요
차디찬 날이 많아
봄을 기다리는 소망을 담고
넓은 곳에
아주 넓은 곳에

하늘의 것도 땅의 것도
세상의 것들을
다 가져다 심었지요
그 많은 것들이 다
그 꽃밭에 심어졌어요

이제 아름답게 움도 트고
꽃이 피어나겠지요
그 소중한 회망이란 놈의 꽃잎이
가장 튼실히 피어났으면 합니다

나도, 너도, 우리 모두가
행복할 수 있는
아름다운 꽃잎들로 채워져 있는 꽃밭
넓은 마음의 꽃밭이길…

검정고시인이여!

- 김원복

자랑스러운 벗들이여!

미래를 가늠하기 어려운 방황속에서도
차마 좌절하지 못하고 희망의 불빛을 찾았네

배움에 목말라 옆구리가 시리고
담쟁이 노력으로 더 높은 기상으로
동트는 새벽을 찾았네

이제는 가슴 벅찬 기쁨으로
떠오르는 아침 해를 바라보면서
이 땅의 밝음을 노래하네

사랑스러운 검우인이여!

김원복
1956년 생
전남 출생
서울대학교졸업
전)김대중대통령 기념관 관장
전)검정고시지원협회 이사장

그리움

– 일봉 김해식

사모치는 당신의 그리움은
이 가슴에 머물고

사모치는 당신의 얼굴은
내 눈가에 아롱거리고

사모치는 당신의 목소리는
내 귓가에서 속삭이고

사모치는 당신의 모습은
내 곁에 머물고 있네

나의 이 마음 당신은 알고 있을까

산천초목 바뀌어도
당신을 향한 이 마음

고개 숙인 해바라기라오

김해식
1948년 생
충남천안 출생
한국방송통신대학 자연과학대 농학과
경기지역대학 4학년 재학중
자영업

가을태풍

– 일봉 김해식

너는 짓궂은 아이처럼
너는 시기가 많은 아이처럼

너는 심술쟁이 아이처럼
너는 관심을 받고 싶은 아이처럼

너는 왜 그러니
너는 욕심장이야

너는 닥치는 대로 먹어치우는 먹보야

너는 왜 인정이란 메말라 버렸니

너는 왜 사랑이라는 걸 모르니
너는 바보 아니니

우리함께 정을 나누며 아름답게 살자

– 미운 가을 태풍에게

담배

– 일봉 김해식

내가 힘들어할 때 너는
나의 친구가 되어주었지

내가 괴로워 할 때 너는
나를 위로하여 주었지

내가 고통스러워 할 때 너는
나에게 참을 수 있는 인내를 가르쳐 주었지

내가 슬퍼 울고 있을 때 너는
나에게 연인이 되어 주었지

너와 헤어진지도 벌써 수십 년이 되었구나
강산이 몇 번 변하였구나

지금도 너는 내 곁에서 맴돌고 있어
너에 대한 옛정이 그리워지는구나

그러나 너를 멀리 할 수밖에 없는
나를 이해하렴

– 하루에 담배를 두 갑씩 피우던 시절을 회상하며

엄마를 그리며

- 일봉 김해식

엄마 그동안 평안히 잘 계셨어요
막내 해식이가 왔어요

그동안 자주 못 찾아뵙지 못하여 죄송합니다
살아가기가 워낙 힘이 드네요

엄마 첩첩 산중에서 외로우셨지요
찾아주는 이 한사람도 없으니

모셔놓고 자주 찾아 뵙지 못한
불효자식 용서하세요

질은 자리 마른자리 가려가며
벌써 이 세상에 없을 자식을
옥이야 금이야 키워주신
자식이 이제 백발이 성성한데

엄마 이불하나 두툼하게 못 덮어드리고
나무 밑에 계시게 해서 죄송합니다

엄마 죄송합니다.

- 수목장으로 어머니를 모신 지 38년 잔을 올리며

여름 그리고 가을

- 일봉 김해식

그동안 함께했던 행복했던 날들
그동안 함께했던 고통과 고난의 날들

너는 많이도 미워했었지
이제 떠나는구나 잘 가거라

언제 또 올거니 네가 다시 올 땐
또 볼 수 있을까

푸른 창공에 아름답게 수채화를 그리고
곱디고운 옷으로 단장을 하고
내 곁을 찾아온 네가 아름답고 예쁘구나

네가 와줘서 고맙고 행복하구나
너는 내 곁에 얼마나 머무를 것이니
오래도록 함께 있으면 좋겠구나

내 욕심이겠지
네가 떠난다 해도 슬퍼하고
괴로워하지도 않을 테다

또 만날 날이 있을 테니까

- 무덥고 힘들었던 여름을 보내고 가을을 맞으며

[이북 고향] 그리움

- 김현안

세월의 역류 속에
전쟁을 몸에 안고 고향을 떠났습니다

현실은 고향을 갈수도
안 갈수도 없는 삶의 연속에서
내일이면 가겠지 보낸 시간이 어느덧 백발이 되었습니다

아무리 불러도 채울 수 없는 그리움
보고픔
어머니, 아버지, 형제들

세월이 갈수록 그리움은 더욱 깊어지고
그리움으로 쌓은 향수는 진국이 다 되었습니다

세월이 흘러 갈수록
지난날의 어린 추억들은 영롱히 다가오고
그리움은 주름 속에 더욱 깊어갑니다

친구들은 이미 고향의 산과 구름 하늘을 그리다
그리움에 지쳐
벌써 자리맡아 꿈꾸러 갔습니다

오늘도 불러보고 싶습니다
고향의 어머니, 아버지, 형제들

현실은 목 놓아 부를 수도
안 부를 수 없는 삶의 연속에서

자식들에게 눈물을 보이기 싫어 가슴으로만 울고 있습니다

고향에 가지 못하고 둥지 잃은 이 몸
부모님 사랑 받지 못하고
타향에서 홀로 지낸 지난 세월
슬픔을 잊기 위해 부단히도 노력하며 살았습니다

커가는 자식들이 나의 이 고독, 이 슬픔을
얼마나 알 수 있을까요

아무리 울어도 채울 수 없는 그리움
울어도, 울어도 내 가슴만 탈 뿐

이제 부모님 얼굴이
닳고 닳아 기억에서 흐려집니다

보고픈 형제여
그리워서 죽고 싶은 그리움
목 터져 불러도 기약 없는 그리움

그리움에 지쳐 오늘도 잠 못 이루고
저 만치 해가 솟습니다

오늘은 언제나 해가 뜨건만
그리움 쌓여 진국된 향수는
언제나 고향 산천에 향기를 뿌릴 수 있을까요

보고 싶고 가고 싶고
사무치도록 그립습니다

오늘따라 구름타고 먼저 간 친구가 그립습니다.

* 6.25 전쟁 후 실향민은 대략 500만 명이었습니다. 고향 가기만을 기다리다 1세대 실향민은 대부분 고향에 가보지 못하고 한 많은 삶을 그리워하다 돌아가셨습니다. 살아계신 분들도 앞으로 10년이면 모두 다 연로하시어 돌아가십니다. 하루라도 빨리 남북 위정자들이 남북 기본(교통)조약이라도 체결 왕래하여 만남의 한을 풀어 주는 것이 최우선입니다. 그런 부모님 따라 울고 있는 2세 3세들이 있으니 말입니다. 그분들의 고향 보고픔을 아버지를 대신해 2세로서 그리워 띄워봅니다.

김현안
월간 국보문학 시, 수필 등단
현대문학사조 소설가 등단
조지훈 문학상 본상 수상
현대문학사조문인협회 회원, 삼강시인회 회원
시집: 그리움으로 부르는 노래, 문학동인지 시, 수필 다수
전, 방송국 근무 . 재)평북의주 장학재단 이사
REIT's Fund Manager ,주) G&HC 대표이사
(USA) TrussNet Korea Holdings Co 사장

언제나

– 김현안

쓸쓸하고
외롭고
힘들 때는
내 머릿속엔 언제나
실망과 좌절의 공간이 차지하고 있습니다

활기차고
기쁘고
즐거울 땐
내 머릿속엔 언제나
희망과 성공의 공간이 차지하고 있습니다

오늘도 난
슬픔과 기쁨이
고독과 환희가
외로움과 즐거움이

수없이
내 머릿속에서 단짝 되어
더 아프게 하고
더 기쁘게 하고

그 곳에서
해방되려 자유하려도
언제나 출렁이는 파도입니다.

내 눈물 닦아주오

– 김현안

오늘도 나의 쓸쓸함이 너를 부른다
오지 않는 새벽, 기나긴 시간
깊어지는 어두움을 뒤로하고
이렇게 너를 부르고 있네

네가 떠난 그 침대에 너의 향기가 흐르고
먼지만 수북이 쌓여 너의 향기를 덮어가네

오늘도 오지 않는 너의 그림자만
이 밤이 새도록 쫓아 다니고
난 갈 곳 없는 영혼 조용히 침대에 누워
너의 향기에 젖어 이 밤을 지새운다

안녕이라는 말 남기지 않고 떠나버린 너이기에
잊지 못해 너의 베개에 가슴을 묻고 이 밤을 보낸다

자꾸만 보고 싶은 것은 오늘이고 내일이지

이제 너의 향기가 다 떠나가면
내 마음도 어쩔지 나도 몰라
그 향기 떠나기 전에 제발 돌아와 줄 수 없겠니

새벽이 오기 전에 내게 돌아와 줘
이슬이 맺기 전에 내게 돌아와 줘

내 눈물 그림 되어 멍들기 전에
돌아와 내 눈물 닦아주오.

하루가 길다

- 김현안

그 사람이 오는 날이다

봄·여름·가을·겨울
여러 해 보내고
그 사람이 오는 날이다

그리움이
보고픔이
간절함이
설레임이

지나간 것은 이미 오래된 어제

밤하늘을 밤새 날아서
오늘
그 사람이 오는 날이다

아침은 늘 밝아오며
새 희망은 더욱 빛나고
기다림은 매일의 일상임에도

가슴에 새겨진 그리움은
사랑꽃이 되어
그 사람 오는 날
가슴에서 흐드러지게 피어난다

오늘 하루는 너무 길다.

파도가 부른다

– 김현안

낮은 너를 잊게 하고
밤은 너를 찾게 하고

바다에 살고 있는
너를 붙들고 나는 소주잔을 들이킨다

보고 싶고 그리워서
사랑한다고, 사랑한다고
천 번이라도 불러 주었을 것을

파도가 멈추면
너는 자고 있는 것

파도가 쳐오면
나는 기쁨의 술잔을 든다

술에 취한 바다
내가 취한 바다
떠남이 살길인 것처럼
파도치는 날은 너를 부르고

이렇게 파도치는 날에는
사랑했다고, 사랑했다고

밤이 새도록 불러 본다.

극에 달하다

- 김현희

솟대 끝에 앉아 목소리 높이는
저기 저
형상은
무엇이 저리 당당 한가

아무런 잘못 저지르지 않았어도
허리 못 펴고 사는
서민의 겨울은 초췌하기만 한데

김현희
서정문학 시부문 신인상. 문학대상 수상
다솔문학 회장. 한국문인협회 회원
신안문학회 사무국장. 현대문학사조 편집위원
안중근의사 의거108주년 기념
전국학생백일장 시부문 심사위원
문예계간 시와 수상문학 문학상 수상
저서 〈달팽이 예찬〉〈어둠이 말 걸다〉〈생선살 발라주는 남자〉
〈공저〉다솔문학 동인지 〈초록물결〉 1~4집 출간 외 다수

용산에서 광주까지

- 김현희

같은 공간을 점유하여도
낯선 타인
열차 안 공기는 아직 차갑다

수백 킬로미터의 속도가 무색하게
사람들은 각자의 일상에 빠져있다

수천 톤의 무거운 공기가 어깨를 짓누르는 듯
옆 좌석으로 고개를 돌리지 못한다

오송을 지나는 동안 벌써 세 사람 째다
나는 밤새 잠을 설친 불면증 환자처럼
창문에 머리를 기대고 자울자울
두 눈을 감았다 떴다를 반복 한다

남쪽으로 내려갈수록 풍경의
채도가 밝아진다
남쪽이라는 단어는 따뜻하다

남으로 남으로 달리는 열차 안
힐끗 곁눈질 해보니
옆자리에 멋진 신사가 앉아 업무 중이다.

인생 채무에 대하여

- 김현희

늘어나는 채무에 짓눌려 잠 길에 이르지
못할 때가 있다

어떻게 갚을 것인가
만 가지 생각을 이리저리 굴리다가
잠을 놓쳐 버렸다

만의 만 가지의 채무자
이렇게 무책임한 삶이 나를 따라 다닌다

사랑이 가고 계절도 가고
살아갈 날은 줄어드는데
나의 채무는 풍년 든 참깨 밭
참깨 알보다 많아 보인다

겨울을 나기 위해 잎을 떨쳐내는 나무들
나는 무엇부터 떨쳐내야
내일을 살아낼 수 있을까

나무들이 가을을 보내는 방법

– 김현희

나는 보았다
가을을 보내겠다는 차디찬 비와
온몸으로 맞서는 대담함을

나는 들었다
그의 등줄기를 타고 내리는
굵은 빗방울들의 통곡을

그는 눈을 감았고
입을 다물었다

화가 난다고 웃옷을
벗어젖히며 달려들던
시장판에서 본 어떤 남자처럼

급하게 하나둘
옷을 벗어젖히고 있었다

가을을 보내는 나무들을 바라보다가
마음에 달랑거리던
욕심의 저울추를 내려놓았다.

연연(戀戀)

- 김현희

지나고 나서 돌아보면
한 줌 바람만도 못한
미련인 것을

그것을 붙잡느라고 몰려오는 밤잠에
항거하였을까

오가며 스치는 바람인 줄 알았더라면
부질없는 미련의 굴레엔
갇히지 않았을 것을

나는 무엇을 얻고자
낙타의 발굽을 바라보고 있는 걸까

느낌

- 나재선

찬 공기가 돌면 한해가 다 가는구나 하는 아쉬움이 맴돈다

찬 공기가 돌면 월동준비를 해야 하는 생각이 떠오른다

찬 공기가 돌면 왠지 모르게 마음이 위축이 되는 것 같다

찬 공기가 주는 소리 없는 메시지는

우리의 생명과 건강을 지키는 신호일 것이 분명하다.

나재선
광주대학교 법학과 졸업
한양대학교 부동산융합대학원
[창조도시부동산융합]최고위과정4기
경남대학교 북한대학원 고위정책지도자과정(25기)
사)미래공유포럼 원장 사)한국안전기술협회 사무부총장
전국검정고시 총동문회 수석부회장(사무총장)
전) 한.불가리아 경제 협력위원회 위원
전) 한국축구연협회 상임이사
주) 남정이엔지(부동산개발업) 대표이사

카톡

- 나재선

카톡

카톡을 보며 웃기도 하고
카톡을 보고 울기도 하고

카톡을 보고 안부를 묻고
카톡을 보고 성품도 알고

카톡을 보면서 다투기도 하며
카톡을 보면서 소식도 전해 듣는다

카톡이 일상생활에 절대적인 요소로
등장하였다

카톡이 지어준 정보는 생활에 지표가 될 정도
오늘도 카톡 문화속에 하루를 열고 닫는다.

사람

– 나재선

커피숍에 앉아 있으니
저마다 사연이 있어 들락날락 하네

큰소리로 다투는 사람
연인과 다정히 앉아 사랑도 나누는 사람

노트북에 빠져들어 있는 사람
누군가를 기다리며 창밖 먼 곳을 바라보고 있는 사람

열심히 음료를 내어주고 있는 종업원
바라보고 있으니 다양한 음료를 즐기는 사람

음료를 마시며 행복해 하는 사람이 보기도 좋구나.

가을들녘

– 나재선

찬 기운이 몸을 스치면
가을이구나

가을하면 들녘에서 나락 베다 갈치 호박 감자 넣고
조림 찌개가 생각난다

어머님의 손맛
고향의 들녘 향수
생명의 알을 수확하며 부르짖는 소리

메뚜기도 뛰고 강아지도 뛰어 다닌다

하루가 저무는 들녘
황금빛 과 함께
생명의 알은 고요히 잠든다.

하루

- 나재선

새벽에 잠에서 깨어나면서
자동차 달리는 소리가 들려온다

창문으로 날이 밝아오는
빛이 들어온다

화장실 가고 싶은데 지금 갈까 조금 있다
갈까 망설여진다

오늘 하루 해야 할 일들이 떠오르면서
정신이 더욱 맑아진다

눈은 반 감고
귀는 뜨고
몸은 눕히고

오늘 하루의 움직임을 그려보면서
육중한 몸을 일으키며 하루가 시작된다.

커피

- 남영순

작은 공간
향기 따라 나선다

도란도란 둘러앉아
수만 가지 향을 담는다

오고가는 덕담 속에
현실을 잊고

저녁노을
붉게 저물어 간다.

남영순
1958년 생
경북울진 출생
들풀문학 등단
주부

남설악 둘레길

- 남영순

모두 신났다
이파리가
물들어가는 즈음
우린 모두 단풍옷을 입었다

자연과 더불어 가는 우리
잿빛 하늘이어도
꽉 막힌 도로이어도
막을 수 없는 흥은
풍경 좋은 산허리에 풀어 헤친다

보석처럼 빛났던
남설악의 작은 호수
골짜기의 기암절벽
우린 하나 되었다

자연을 닮아 가는 우리
출렁다리에 일렬로 서서
모두 카메라에 한껏
추억을 남긴다.

박꽃

– 남영순

박꽃이 하얗게 핀 밤
윙 윙 거리는 모기
모닥불 피워 쫓아내고
식구들 멍석에 둘러앉아 피곤한 하루를 달랜다

어머님의
옛날이야기 무서워
치마폭을 잡은 채 어느새 잠이 든다

달빛에 비친 담장에 핀 박꽃
마음속 천사가 되었다

꿈속에서 박을 타며
금 나와라 뚝 딱
주름진 우리 어머니 환하게 웃으신다.

한강

- 남영순

한강 벤치
가본지 오래되었다
네가 떠난 지 20년
잊혀 지지 않는 빈자리

뜨거운 햇살 잔디에 앉아
자식자랑 하며
꿈도 키웠지

호호 불며
컵라면을 먹고
영원할 것 같던 우리 우정

무엇이 급하여
일찍 떠났느냐

울부짖어 보아도
영원히
돌아올 수 없는 곳 가버린 너

영수증

- 남영순

꽃잎이 휘날리는 어느 봄날
삶의 시계를 멈추는 소식이
인생을 허무하게 만든다

발버둥 치며
앞만 바라보며 살아온 세월
무너짐은 한 무더기
영수증
이리도 야속하다

삶의 흔적을
주고받으며

인생은
한줌의 재로
남겨지는 마지막 영수증

단비

– 남혜인

먼지가 풀풀 날리던 땅
밭의 흙들이 춤을

덩실 덩실
폴짝 폴짝

여기 저기
소근 소근

맛이 있어
많이 먹어

목을 타고
넘어가는

꿀꺽 꿀꺽
벌컥 벌컥

한나절 밭에 일하고
돌아온
엄마품에 안겨

젖먹는 아기의
맑은 눈망울 같아요

엄마 눈을 맞추며
애타게 기다리던

맛있는 꿀 물에
감사 하다는 듯

꼼지락 거리는 손

남혜인
1956년 생
대전광역시 출생
한국방송통신대학교
농학과 졸업
대구 교육대학교
수필과지성 아카데미수료

해야

– 마석근

해야 해야 서두르지 마라
아주 천천히 오너라 다칠라

온 세상에 생존하는 존재를 위해
헤아릴 수 없이 많은 일을 하는 너

좀 쉬엄쉬엄 해라
무리 하지 마라 다칠라

해야 고생 많이 했다
이젠 좀 쉴 때가 되지 않냐
쉴 때는 편히 쉬어라

너는 쉬지 않고 누굴 위해 그리도 바쁘게 뛰고 또 뛰었니
해야

마석근
1958년 생
강원도 출생
경복대학교 복지 행정학 졸업
수상: 남양주시장 상. 경기중소기업청장 상
중소기업청장 상
최고경영리더 대상
엠에스케이(주) 대표이사

나는 누구인가

– 마석근

나는 누구인가
척박한 곳이 고향 인가

녹녹치 못한 곳에서 태어나 어두운 환경 속에
아등바등 자라난 너

모진 세월 잘 버티고 살아온 너

열심히 살았노라
자랑스럽게 말 할 수 있는
너는 누구인가

힘든 여정에 끝은 어디인가
너는 누구인가

참 잘 버티고 있는 너
너에게 찬사를 보낸다.

민들레

– 마석근

너는 어디서 달려 왔니
무엇을 위해 너는 바람타고 왔니

정착지가 정해진 것도 아닌데
너는 네 마음대로
네 갈 곳을 모르고
다니지 않냐

스스로 가야 할 길을 갈수 없는 너
희망을 가져라
자리 잡아 주는 대로

그냥 그대로 태어남을 기쁨으로 살련다.

님, 야생화

님이시여!

님은 언제나
나약한 나에게 힘과 용기를 복 돋아 주는
삶의 원천을……

인위적인 아닌
님이 처한 그 어떤 악조건 속에서도…

뿌리를 내리고
새싹을 잉태하고……

오직 한 번뿐인 님의 흔적을 알리려고
온갖 세상의 풍파를 견디며
살아남아
마지막 환희의 아름다운 야생화의 꽃으로
우리 곁에서 승화하고……

누가 보던 안 보던
님의 사회적 역할 다하며
조용히 사라지는……

그러나
님은 그냥 사라지는 것이 아님을……

모진 생명력으로
더 화려하게

우리 곁으로 돌아 와
환희의 인연을 맺는 님……

야생화!
그대를 나는 님이라 부르리오……

그 이름
야생화
검정고시인!!!

박상철
1955년 생
경남 진주 출생
한국방송통신대학교 영어 영문학과 졸업
개인택시

내 영혼

– 박상철

오솔길 소담스런 갈맷길 걷는 거
참 좋아 하는 데……

내가 좋아하는 7080 노래가
귓전을 맴 돌 때는 더 좋은데……

늘 낭만스런 내 영혼이
내가 봐도 귀여운데……

우짜노 시간은 간다
마음은 급하다

조잡스레 만든 의자는
나를 불편하게 한다
그렇다고 서서 있기는 시간이 많이 흘렀다

또 가야지
어디 잘 만들어진 의자가 있으면 좋겠는데
내 옆에 당신이 함께 앉으면
참 좋겠다

가자
기다릴지 모르는
수십 년 살아 온 영혼
꼭 예뻐야 하지 않아도 된다
아직은
많이 남아 있어 좋다

담쟁이

끝도 보이지 않고
앞과 뒤도 보이지 않는
오직 더듬고 문지르며
위로 옆으로 정해진 길
작은 실뿌리 내리며 살자하니……

물 한 방울 없이 메마른
담벼락으로
고된 삶이라도
원망하지 않는다
그게
담쟁이의 삶이니까

힘들고 험하다 남들은 말하지만
아무렇지도 않다
한 방울 빗줄기로 웃을 때도 있기에……

넘어지지 않는다
딱히 정해지지는 않지만
갈 곳이 끝이 없어 좋다
천년만년이라도 하늘 아래는

가끔 우리 삶도 그럴 것이니
다 사는 것을
부질없는 것이라
말하지 말자

인생의 꽃

– 배준성

세상만사 굽이굽이
세월 따라 흘러갈 제
마디마디 심어 놓은
정이 서려 꽃 피었소

부귀영화 싫단 사람
그 어디에 있겠소만
정을 먹고 사는 것이
인생이라 했지 않소

부귀보다 소중한 건
사랑이라 하였기에
피어야 할 인생의 꽃
사랑의 꽃 아닌가요

어두운 밤 지새며는
여명 속에 동이 튼데
서산마루 해 진다고
낙심할 건 없지 않소

믿음 속에 뜻을 심어
소망으로 길러 온 정
사랑 더욱 다진다고
마음마저 벗어 줘도

맺지 않는 꽃이시여!
맺지 못한 꽃이시여!

맺어야 할 인생의 꽃
사랑의 꽃 아닌가요.

도울(道菀) 배준성(裵峻晟)
철학박사. 시인 겸 작사. 작곡가. 주간 평생교육신문. 계간 배
낭문학 발행인 겸 편집인/대 표 , 도울회 회장.

*발표작: 〈전주아가씨(제1회 기성작가 창작가요제 당선작)〉,
〈서리꽃〉, 〈바둑과 인생〉, 〈백담사의 전법사〉, 〈보살의 사홍서
원가〉, 〈색아 색아〉, 〈노래방에서〉, 〈아리랑은〉, 〈영차 영차 어
영차(KBS & 범민족올림픽추진위원회 공동공모 '88서울
올림픽 응원가 당선작)〉, 〈피안으로 가는 길(대한불교조계
종 찬불가 당선작)〉, 〈사랑의 씨름〉, 〈환희〉,〈불자의 길〉,

명함

- 배준성

길바닥에 버려진 명함 한 장이
처참하게 비를 맞고 있다

앞서가던 이가 무심코 밟고
뒤서가던 이도 무심코 짓이겨
구겨지고 또 찢겨져 더럽혀진 명함

가엾은 그 명함을 주워
새겨진 휴대폰번호로 SNS를 보내고,
이메일 주소로 SNS를 보내니

생면부지의 그 명함이 산사람 되어
소통과 만남의 연(緣)을 만든다

N그룹 대표이사 회장이라 새겨진 그 명함이……

업소래 업소거(業所來業所去)

세월이 여류(如流)해도
끝이 없다 하지만
천하의 만물들은
생노병사(生老病死)라 했잖아

인생은 일장춘몽(一場春夢)
초로(草露) 같다 하였으니
보람 있게 살아야지
백년도 채 못 산 인생

사람이면 누구나 다
사람인줄 알지만
남을 위해 배려하고
베풀면서 사는 것이

진정한 사람이요
보람 있는 삶인데
*공수래공수거(空手來空手去)니
도와주며 살아갑시다

세상은 넓다해도
인심(人心)보다 크지 않고
만물은 생멸(生滅)해도
윤회(輪廻)한다고 했잖아

좋은 말 좋은 생각
좋은 일만 하다보면

마음이 넓어지고
세상 또한 밝아 뵌데

사람들은 누구나 다
행복하길 바라지만
부귀영화 누리면서도
행복하지 못한 것은

탐진치(貪嗔恥) 삼구욕(三垢辱)이
너무 많아선 거야
*업소래 업소거(業所來業所去)니
착한일만 하며 삽시다.

– 공수래공수거(空手來空手去):"빈손으로 왔다가 빈손으로 간다"는 뜻으로 중생
의 형이하학 적 현상을 말함. 〈석가모니〉

– 업소래업소거(業所來業所去):"전생의 업을 가지고 이승에 왔다가 이승에서 업
을 쌓은 다 음 저승으로 간다"는 뜻으로 만물의 형이상학적 현상을 말함. 〈도울〉

우여! 우여!

- 배준성

아무리 들이 좋다 바람 불어 꽃이 펴도
새야! 새야! 앉지 마라
나락 꽃이 떨어진다

부디, 부디 부디 앉지 마라
아직, 여물지도 않은 낟알 참새 떼가 다 까먹네
마음을 빈 허수아빈 울고 있네 울고 있어

살을 에인 지난겨울 올 데 갈 데 없어 울 제
처마 밑의 둥지에다 다소곤이 키웠더니
이젠 세간(世間) 마저 달라느냐

우여! 우이여! 우이여! 우여! 우여!
우여! 우이여! 우이여! 우여! 우여!

마음을 빈 허수아빈 울고 있네 울고 있어

우여! 우이여! 우이여! 우여! 우여!
우여! 우이여! 우이여! 우여! 우여!

아무리 들이 좋다 바람 불어 꽃이 펴도
새야! 새야! 앉지 마라
임의 가슴 찢어진다

부디, 부디 부디 앉지 마라
아직, 익지도 않은 낟알 참새 떼가 다 까먹네
마음 비운 허수아빈 울고 있네 울고 있어

눈에 덮인 지난겨울 올 데 갈 데 없어 울 제
오곡 성찬 먹이 주어 정을 쏟아 길렀더니
이젠 뒤주마저 달라느냐

우여! 우이여! 우이여! 우여! 우여!
우여! 우이여! 우이여! 우여! 우여!

마음 비운 허수아빈 울고 있네 울고 있어

우여! 우이여! 우이여! 우여! 우여!
우여! 우이여! 우이여! 우여! 우여!

독도(獨島)의 본디 이름인 돍섬은 대한민국(大韓民國)의 땅

- 배준성

그 누가 말했나 독도(獨島)는
석도(石島)라고
그 누가 말했나 독도(獨島)는
돍섬이라고

그 누가 말했나 돍섬을
석도(石島)라고
그 누가 말했나 돍섬을
독도(獨島)라고

독도(獨島)건 석도(石島)건 돍섬이건 다케시마((たけしま, 竹島)건
그 곳은 그 곳은 바로 바로 그 곳은
독도(獨島)건 석도(石島)건 돍섬이건 리앙쿠르암(Liancourt
rocks)이건
독도(獨島)의 독도(獨島)의 본디 이름인 돍섬은

코리안 테리토리(Korean territory) 코리안 테리토리(Korean
territory)
대한민국(大韓民國)의 땅
코리안 테리토리(Korean territory) 코리안 테리토리(Korean
territory)
대한민국(大韓民國) 땅

그 누가 말했나 독도(獨島)는
우산도(于山島)라고
그 누가 말했나 독도(獨島)는
간산도(干山島)라고

그 누가 말했나 간산도(干山島)를
우산도(于山島)라고
그 누가 말했나 간산도(干山島)를
자산도(子山島)라고

독도(獨島)건 석도(石島)건 간산도(干山島)건 우산도(于山島)건
그 땅은 그 땅은 바로 바로 그 땅은
독도(獨島)건 석도(石島)건 간산도(干山島)건 자산도(子山島)이건
독도(獨島)의 독도(獨島)의 본디 이름인 돍섬은

코리안 테리토리(Korean territory) 코리안 테리토리(Korean
territory)
대한민국(大韓民國)의 땅
코리안 테리토리(Korean territory) 코리안 테리토리(Korean
territory)
대한민국(大韓民國) 땅.

파도와 짱돌

- 배 행 순

각지고 모난 나를 둥글게
울퉁불퉁 못난 나를 모양지게
제 멋대로 생긴 나를
때리고 얼르고 다듬더니

어느날
누군가의 눈에
예쁘다는 감정으로
사랑스럽다는 감정으로
그 손안에 안겼다

이렇게
파도는 나를 만들어냈다.

배 행 순
전남신안 출생
인천여자산업고등학교졸업
백두봉사단 단장
사진작가
경기인력 개인사업

틈

- 배 행 순

돌을 쌓아올린 담장 틈 사이에
이름 모를 들꽃이 자라기 시작했다

수많은 사람이 걸어 다니는
아스팔트 틈 사이에
파란 민들레 싹이 트인다

지나가는 누군가의 발에 밟힐까
염려되는 맘 이지만
그 녀석 이리저리 잘도 피해 고운 꽃을
살짝이 내민다

어느 위치에서든 자기의 몫을 다하고 있다

내 마음에도 어느날 작은 틈이 생겼다
그 틈 사이에 과연 무엇이 자랄까!

마지막 잎새

– 배 행 순

마지막 잎새는 떨어지는 것이 아름다울까!

매달려 있는 것이 아름다울까!

가슴 깊숙이 아픔이 올라옴은 무엇일까!

아직도 남아있는
그리움의 흔적들일까!

그것이 뭐라고
이렇게 모질게
고통스러울까!

언제쯤
그 흔적들 속에서
나는
자유로울 수 있을까!

당신을 부를때

- 배행순

나의 삶이
기쁠 때나 슬플 때나

삶이
메마르고 힘이 들 때

억울하고 참지 못할 일들이 있을 때

그때에
마음의 창을 열고
당신을 부르겠습니다

내가 당신을 부를 때
그 자리 그곳에서
내게
미소로 다가오소서!

아름다운 이별

– 봉산(峰山) 백영호

나는 늘 이별을 짊어지고 산다

밤하늘 별처럼
정해진 곳, 머무를 곳 없는
외로운 방랑자

산다는 것이 쉽지만은 않다

사는 것도 아니 살며
잠시, 머물기를 주저 할 뿐
저 별이 사는 세상으로 가기 위한

삶의 수행이다

이별을 위해 지금까지
사는 것도 아니 살면서
아름다운 이별을 할 수 있다면

산다는 것은 축복이다

인연으로 만들어진 업보
무거웠던 짐들을
내려놓을 수 있는
아름다운 이별이라면

저 별이 사는
나의 고향

나의 영혼이 별이 되어
그대의 빛이 되어 주리라.

백영호
강원 영월 출생
고입·대입검정고시 합격
울산과학대학교 산경과 졸업
미국 미시건주립대학교 글로벌과정 수료
현대자동차 초대노동대학원 수료/비정규직논문 우수상
월간문학 세계 시부문 신인문학상수상 시인 등단(2015)
공저,동인지 및 월간문학 세계 수십편 작품 발표
한국을 빛낸 문인 선정

현재)
세계문인회 정회원
울산검정고시 동문회 이사/사무국장
한국방송통신대학 경영학과 4학년
현대자동차 근무

어머님 전상서

못내,
아쉬웠던 겨울이었던가요?

혹독한 추위와 허기에 눌려
지새웠던 철암 탄광촌
흔한 30 구공 연탄불마저
땔 수도, 피울 수도 없었던
그때가 문득 깨어납니다

어머님!
늦게나마, 이곳에 아들은
가슴을 훨훨 태워 얼었던
어머님의 손과 발을
녹여 드리고 싶습니다

허나,
쏟아져 내리는 잠을 헤치고
별을 쫓아 헤매이며
구름 위를 떠다닌 무심했던
삶이었던가 봅니다

녹록이 헤이지 않는 가슴
어찌할 수 없던 지난 세월들…

곱고 고우셨던 울 어머님!
무거웠던 아픈 역사를
홀로 짊어지시기까지

두 눈의 빛을 잃으신 십 수 년
고달프다 아니하시며
10名 자식을 낳고 키워주신
사랑과 비통함이 묻어나는
고달픈 여정 속에서
어머님의 높다 높은 사랑을
어이 다 헤아리겠습니까

그리운 어머님!
저는 아름다운 이별을 기다리며
잠시 머무르고 있습니다
저 구름이 흩어지는 날
어머님이 계신 그곳에서
늦게나마 용서를 구합니다

어머님, 사랑합니다.

가을

– 봉산(峰山) 백영호

혼돈(混沌)의 시작이다

여기
두 갈래 기로에서
혹독함이 엄습해오는
어둠의 시작
미로에 실타래를 탔다

바람이 불어 부는 대로
낙엽에 쓸려 방랑자가 되어
어디론가 떠날 채비에
맞닥트린 혼돈(混沌)
가을은 죽음에 시작일 뿐

적막이 깨고 올
폭풍의 끝자락에
정처 없이 하나, 둘
떠나야할 님들이지만
간절히 머무르기를 기도하며
그 겨울은 멀다고 느껴졌는데
왜 이리 빨리 오는 걸까

가을아!
내가 머무를 자리는 어디인가

꽃(花)

– 봉산(峰山) 백영호

나는 꽃이었다

사계(四季)에 충실했던 너
습기를 머금 어언 세월
어두운 미로에서
고난의 행군 인엽경…
갓 돋은 싹은 갓난아이였다

어느 꽃이던 예쁘지 않더냐
터질 듯 말 듯 꽃망울은
순백의 신부였고
피어낸 향기는
중년의 여인이었다

세월을 피우기 위한
산모의 진통
애처로움이 아닌,
축복의 시작이다

그대
한 치의 오차도 없구나
시계가 뭇 필요하며
달력인 듯 뭇 찢길까
트이고, 피어, 떨어지면
다 알 것들을
떨어졌다고 죽었더냐
잠시 떨어져 있을 뿐.

낙안객사

- 봉산(峰山) 백영호

700여 년 낙안읍성
낙풍루 들어서니 두엄 내음
어머님의 초가집
님을 반기네

돌담길 거닐 때 마다
님의 발길 뗄 틈
허락지 않으니
백일 낭군 텃세인가

객사 퇴청 마루위에
아리따운 아가씨
구슬픈 창(唱) 소리에
처마위 종달새는
추임새 장단 곁들이네

그대 가얏고 선율은
임의 가슴을 품는데
님은 뉘를 품을까

흥에 겨운 님은
발길에 홀리여 채이고

시심(詩心)에 가득 차니
님이 명창이로세.

남은 길

- 변상오

남은 여분의 길이
행복할 수 있는 삶은
좋아하는 일, 잘할 수 있는 일, 하고 싶은 일

세상을 조금이라도 이롭게 할 수 있다면
목표가 아닌 즐거움으로 갈 수 있는 남은 길

남은 길 하루가 지나고 또 다른 아침을 맞이하면
또 다른 하루를 선물로 주심을 감사
절대자께서 주신 소명의 남은 길

변상오
1957년 생
전북 고창 출생
한국통신대학교 국문학과 졸업.
대한민국 근정포장
서울문학 2017년 봄호 시부분
저서: 걸어가면 길. 가슴 뛰는 꿈을 위한 도전

치매

– 변상오

얼마나 어렵고 힘든 삶을 살아가고 있으면
휴식을 주려고

얼마나 고집불통 타협할 줄 모르고 직진만 하고 있으면
유연하게 부드럽게 살라고

얼마나 명예 권력 돈만 쌓아 더 이상 쌓을 곳이 없으면
더 이상 명예, 돈, 권력이 필요 없게 하려고

얼마나 휴식도 없이 살아 왔으면
휴식의 시간 치매를 주었을까요?

한 평생 브레이크 없는 삶이라면
멈춤이 필요하지 않을까요?

누구나 한 가지는 줄 수 있어요?

– 변상오

부족함이 많은 사람이지만 우리 함께 해요
능력이 부족하지만 함께 해요
아픔과 고난이 있지만 함께 해요

나 하루하루 연명하는 삶이지만
미소 짓는 얼굴을 보여 줄 수 있습니다

나 세상을 볼 수 없는 시각 장애인이지만
위로의 말은 할 수 있습니다

나 듣고 말할 수는 없는 청각 장애인이지만
볼 수 있는
눈이 있어 시각장애인을 안내할 수 있습니다

나 지능이 부족한 정신지체 장애인이지만
욕심 없는 마음으로 즐겁고
행복한 모습을 보여주고 웃음을 줄 수 있습니다

우리는 아무리 줄 수 없는 사람이라도
찾아보면 한 가지는 줄 수 있습니다

지금 자신이 최악이라 생각이 되면 함께 해요
절망 넘어 희망이 숨어 있으니까요

내 마음의 거울

– 변상오

어린 아이의 미소가 아름다운 건
그대 안에 동심이 있기 때문입니다

해맑은 아침 햇살이 반가운 건
그대 안에 평화가 있기 때문입니다

떨어지는 빗방울 소리가 듣기 좋은 건
그대 안에 여유가 있기 때문입니다

하루하루가 늘 감사한 건
그대 안에 겸손이 있기 때문입니다

세상은 그대가 바라보는 대로
그대가 느끼는 대로 변하는 것

모든 것은 그대로부터 비롯된 것이니
누구를 탓하고 누구에게 의지하겠습니까?

오늘 마주친 사람들이 소중한 건
그대 안에 존경이 있기 때문입니다

그대의 삶이 늘 향기가 나는 건
그대 안에 희망이 있기 때문입니다.

나를 찾아 가는 일

– 변상오

삶이란
참으로 복잡하고 아슬아슬합니다

걱정이 없는 날이 없고
부족함을 느끼지 않는 날이 없으니까요

어느 것 하나
결정하거나 결심하는 것도 쉽지 않습니다

내일을 알 수 없어
늘 흔들리기 때문이지요

말로는 쉽게 행복하다 기쁘다고 하지만
누구에게나 힘든 일은 있기 마련입니다

얼마만큼 행복하고 어느 정도 기쁘게
살아가고 있는지 알 수는 없지만 그저 모두들 바쁩니다

나이 들고 건강을 잃으면
이게 아닌데 하는 생각을 하게 될 터인데

왜 그렇게 어디를 향해 무엇 때문에
바쁘게 가는 건지 모를 일입니다

결국, 인생은
내가 나를 찾아 갈 뿐인데 말입니다

고통, 갈등 ,불안, 등등은 모두 나를
찾기까지의 과정에서 만나는 것들입니다
나를 만나기 위해서 이렇게 힘든 것입니다

나를 찾은 그 날부터 삶은
고통에서 기쁨으로

좌절에서 열정으로
복잡함에서 단순함으로
불안에서 평안으로 바뀝니다

이것이야말로 각자의 인생에서 만나는
가장 극적인 순간이
내일 일은 내일 전개 되는 것을 받아들이고
오늘 순간순간은 자유로운 영혼이고 싶습니다.

세월 참

- 성병찬

밤 늦은 귀가
홀로 잠든 아내를 보고

살며시 다가가 손잡아 본다
울퉁불퉁…

잠든 얼굴 바라보니
예쁜 미소 사이로
웬 작은 주름들 그림을 그렸네

측은 지심(惻隱之心)에
한숨지으며 일어서 뒤 돌아보니

창 넘어 달 그림자 환히
아내의 모습만…

세월 참.

성병찬
1961년 생
경북 영천 출생
대구한의대학교 한국어문학과 졸업
동대학 대학원 동양철학과 석사 졸업
대구카톨릭대학교 대학원 지리학과 박사과정

고기잡이 배

- 신이숙

하늘과 하늘이 맞닿은 바다
옥색 비단결 수평선 위에
돌고래의 힘찬 점핑

부서지는 포말(泡沫)

희망 실은 고깃배들 바쁜 움직임
성난 파도 출렁이며
어영차 한바탕 씨름을 한다

검게 그을린 굵은 땀방울
바람에 말리며 만선에 꿈
걷어 올린 팔뚝에 힘이 솟는다

그리운 부모님 고향집 앞마당
댓돌위에 가지런히 낡은 고무신
가슴에 행복 담아 잠을 청한다.

신이숙
1952년 생
전남 영암 출생
들풀문학 등단
프리랜서 활동

시장

- 신이숙

생선장수 외치는 소리
물고기 차렷 자세 줄을 세우고
싱싱한 무 배추 건강미 자랑하며
푸짐한 떡 과일도 눈길을 끈다

푸성귀 몇 가지 펼쳐놓은 할머니
졸린 눈 깜박이며 잠을 쫓는다

대형 마트에 밀려 빛을 잃어가지만
삶과 인정이 살아있는 수많은 발자국이 서린 곳

어린 시절 어머니 따라
예쁜 신발 사달라고 떼를 썼던 그리움

어제처럼 피어나고
양손에 검은 봉지 주렁주렁
발걸음 재촉한다.

박꽃

- 신이숙

달빛처럼 하얀 박꽃
어두운 밤 비춘다

소박한 미소 내 어머니 닮은 꽃
슬프도록 아름다워
눈이 부신다

힘겨운 산고
초록빛 치마폭에
감싸 안고서
사랑 열매 달덩이 같아라

비바람 이겨내고 단단히 키워낸
자랑스런 박꽃이여
은은한 향기 여름밤이
깊어간다.

오월의 노래

– 신이숙

초록이 춤을 춘다
긴 머리 찰랑대며 금빛
따사로운 햇살

철쭉 꽃 무리 아이들
웃음소리 오월이 깨어난다

마파람에 실개천 은빛 물결 흐르고
흐드러진 이팝꽃이 송글송글 익어가네

연못에 노란 꽃창포
금붕어 는 살랑 살랑
싱그러운 향기가 바람에 실려 온다.

사모곡

- 신이숙

길섶 제비꽃 올해도 피었는데
한번 간 어머니는 오실줄 모르네
약속 없이 홀연히 그리움만
남겨놓고

살아생전 쓰다듬어 사랑 품어 주시더니
매정하게 정을 떼고 가신 길
어디인가

언제 다시 오시려나
하늘 문 열리는 날 구름타고 오시려나
천둥 번개 칠 때 비 타고 오시려나

저녁노을 짙어지면
흰 저고리 검은 치마
종종 걸음 오실세라
먼 하늘 바라보며 하염없이 눈물진다.

아카시아 幻

- 오서진

누가 아니올 듯 오고 있는가
눈섶을 아물리며 크던 사랑의 그 손이 바람만큼은 희다
옷섶 펄썩이고 오는 왜, 그는 외롭고 가난하게 살까?
새 얇은 꽃, 잇새에 접으면 풀각시 앞세우고
풀피리소리 하늘 높은데
누가 눈을 깔고 지나가는가.

오서진
세종대정책대학원 석사. 강릉원주대학 일반대학원 박사
아세아문학 시, 수필 등단
저서 : 건강가정복지론,툭툭털고 삽시다.손가락 수다
공저 : 행복의 여울묵에서, 밝은 사회로 함께 가는길
한국정신문화의 세계화를 위하여 외 다수
수상 : 국회 보건복지위원장표창, 국회 여성가족상임위원장
표창, 국회 행정안전위원회 위원장 표창,
서울시장 표창외 다수
(사)대한민국가족지킴이 & 국민여가운동본부 이사장
오산대학교 실용사회복지과 겸임교수

어머니

- 오서진

내 어머니의 눕던 자리는 하얀 잿더미 같은 자리
내 어머니의 일터는 검게 그을린 궁전 같은 부엌만
두레박으로 퍼 올린 빙수 같은 물결도
가마솥으로 깊이 잠재우고 나니
이마엔 송글송글 땀방울 맺히고
손끝에 잡혀있는 행주치마 끝자락으로 땀을 훔치곤 했다

자정가까이 할머니 한복을 지으며 숯불 인두질 하시던 어머니
그 어머니의 체취는 비릿한 반찬 내음
어머니의 손바닥은 까칠 거리는 솔방울
그 어머니가 쓰다듬던 자리엔 수세미 스치고 지나간듯한
약간의 아픔

고요한 향수 속에 머무는 어머니의 영상은
정적을 깨트릴 만큼 독보적인 어머니로 변하셨고
가슴으로 낳은 나를 사랑으로 키워준 울 엄마에게 보은도 하기 전에
강인한 정신력이 붕괴되어 평생 짓누른 恨 맺힌 삶에 머무르다

1918년생 이재희 여사님 울 엄마는 홀연히 저세상으로 돌아가셨다.

선택

- 윤길덕

나는 매일 눈뜨는 순간부터 갈등한다
오늘 하루도 행복하고 싶은가 불행하고 싶은가
그저 웃으며 행복을 선택한다

또 묻는다
웃을래, 찡그릴래?
산을 오를까, 바다를 품을까
차를 탈까, 걸어볼까
등등……

배고파서 들어간 식당에 음식이 맛이 없으면
대충 먹을까 감사하게 먹을까
수없이 질문과 갈등으로 대결하지만 선택은 긍정의 힘으로 결정된다

오늘하루도 무한히 무료하게 보냈다면
마지막 질문으로 위로를 한다
아플래, 건강할래?
오늘도 행복한 가위 바위 보를 멈추지 않는다.

윤길덕
1958년생
충남 대전 출생
동부산대학 졸업
시낭송가, 숲해설사
숲 유치원 운영

행복나눔

- 윤길덕

나의 밝은 미소 한 모금이
누군가의 마음은 환해지고

나의 친절함이 전하여 누군가의
고마움이 살아나고

나의 상냥한 말속에
흐트러진 마음 가다듬네

내가 전하는 사랑의 향기가
누군가를 통해서 내게로 밀려들 때

두 눈을 감고 하늘을 바라본다.

그녀

– 광일 이명국

그녀의 이쁜 모습은
하늘에 까지 닿고

그녀의 아름다운 모습은
천상의 여인이구나

그녀가 이쁜 것은
하늘이 알고
땅이 알며
모르는 사람이 없도다

그녀의 모습은
지혜와 총명
덕과 미를 겸비한
우주 최고의 모습이라네.

이명국
서울 출생
방송통신대학교 법학과
들풀문학등단, 들풀문학 회원
연천문학등단, 연천문학 회원

개천절

- 광일 이명국

진보와 보수가
서로들 으르렁 거리고 싸우니

하늘이 울고
땅이 우는 슬픈 현실이

아픈 마음이
더욱 아려지는군요

진보 보수
서로 힘 합쳐 힘을 모아야

후손들에게
부끄럽지 않거늘

우리 검정인은
서로를 아끼며 보다듬는
정신을 계승해야 합니다.

전곡역을 향해

- 광일 이명국

쇠고기 전골에
가자미에 여러 반찬들
모두 모여 점심을 먹고

죽서루에 내려 누각(樓閣)을
감상하고 또 모여서
버스를 타고 척주동해비
기념사진 찍고

삼척 어시장에 들러
생선 건어물 구경하고
울 엄니의 아무것도
사지마라는 말씀에

빈손으로 버스에 오르네

다른 분들
비타민나무 카라멜
가방에 담아 보이지
않은 많은 건어물 구매 했다네.

시계

- 광일 이명국

어제는
노래와 춤 연습으로
폭행을 당하고

오늘은
암기 사항으로
폭행을 당하고

내일은
청소 문제로
폭행을 당하는구나

오늘은 소양강처녀를 부르며
눈물을 흘리고

내일은 어부의 노래를 부르며
눈물을 흘리는 구나

맞아도 맞았다고
말 못하고

구타로
노래로
눈물로
시계는
돌아가는구나

이 가을에는

– 람천 이범문

사랑하는 사람의 입 안 가득 퍼지는
사과의 향기처럼 이 가을에는 사랑의
열매를 맺게 하소서

익을수록 고개를 숙이는 벼처럼
이 가을에는 겸손의 열매를 맺게 하소서

여름내 뜨거운 태양 아래서도 잘 견뎌낸
곡식처럼 이 가을에는 오래 참음의
열매를 맺게 하소서

따가운 가시 속에서도 열매 맺는
밤송이처럼 가시밭길 세상 속에서도
아름다운 열매 맺는 삶이 되게 하소서!

이범문
1952년 생
인천광역시 출생
호원대 중국관광통상학과 졸업
법무부장관상, 인천시장상
들풀문학 동인
저서 : 무한한 도전과 내 삶의 진솔한 이야기
현대 한국인물사전에 등록

나의 후회

– 람천 이범문

부농의 아들로 태어나
남들은 밥 먹기도
힘든 시절
나는 부족함이 없었습니다

공부는 뒷전으로
나는 바다로, 산으로
들판의 주인이
나인 것처럼
그때는 몰랐습니다

자식을 키우며 살다보니
뒤 늦은 학업을 마치고
그 마음 가슴에 사무쳐
후회가 비처럼 쏟아집니다

끝없이 걸어가는 우리
새벽바람 울타리 되어주시고
내 뒤에서 뒷짐지고
바라보던 그 사랑

내 후회가 거울 되어
이제라도 부모 사랑
고이 받아
하루하루를 건너가시기 바랍니다

눈물이 그리움을 태우고 건너갑니다.

우리가 살아가는 이곳 (동대문구)

– 이영남

맑은 샘물이 흐르고
시원한 바람이 불어
청량한 이곳

서울약령시 경동시장
서울풍물시장, 청량리시장
선농단이 있는 제기동

명성황후 잠들어 머물렀던 터이자
숭인원(崇仁園)과 영휘원(永徽園)이 있는 홍릉

21세기 한반도 교통중심지
사통팔달의 청량리역, 동대문구
청량한 이곳은 역사가 부르고 있다

자 떠나자
동해로… 서해로… 백두산으로…
청량리에서 철원, 원산, 금강산을 거쳐
저 넓은 세상으로
우리의 역사를 타고 떠나자.

이영남
1964년생,
전남 영암 출생
한국방송통신대학교 (중어중문학과, 행정학과)
동대문구 의회 (의원)
전국검정고시 강북지회장

춤

- 이은숙

들판이 춤을 춘다

산이 춤을 춘다

바람이 거들어
구름도 춤을 춘다

바다도 춤을 춘다

열정을 다 받쳐
격렬히 춤을 춘다

내 마음 두려운데
자연은 즐거웁다

나무가 부러지고
뽑혀지도록 춤을 추는데

무서운 내 두 눈
심한파도 일렁인다.

이은숙
1964년 생
충남 청양 출생
프리랜서 활동

현충원

- 이은숙

쌀쌀한 가을바람
화려한 햇빛
청아한 하늘
기분 좋은 아침에 현충원 나들이
참으로 엄숙했다

줄 맞추어 서있는 비석들
옆에 이쁘기만 한 조화를 꽂고
그렇게 줄맞추어 서있는 같은
크기의 비석들

이름 없는 비석
난 6•25때 죽었고 일병이었어
난 월남전에서 난 이병
가장 큰 비석 난 장교였어

누가 군인 아니랄까봐
죽어서까지 줄지어 그렇게 누워있나

내 고통의 소리는
새소리 되어 노래하고
내 그리움은 잘디잔 꽃잎이고 바람이다

내 고통스런 피는 온 동산에
나무들의 물이 되었다

건강한 나뭇잎과 튼실한 나뭇가지는

내 튼실한 근육이어라

내 영혼이 하늘로 올라
이 나라를 지키노라
나라의 안전을 아직도 지키노라

산은 푸르고
땅은 단단해지고
내 젊음은 아직도
여기서 평화로이 누워
이 나라를 지키노라

나는 유공자란 이름으로
이 평화로운
동산에 누워 있노라

어머니가 해마다 뜨거운 눈물을 흘려서
나한테 까지 흘러오고
아무도 오지 않는 옆에
동지에 그 뜨거움 나눈다.

가족

- 이은숙

혼자 며칠 지내는 중이다
날씨가 추워서인지
더 황량하게 느껴진다

분명 이유가 있어
남편이 미웠음에도
그의 숨소리와 온기가 그립다

까탈스러운 큰아들의
잔소리도 그립다

먹성이 좋아
항상 냉장고문을
여닫던 작은아이의 부산함도 그립다

냉장고 음식도 줄지 않고
쓰레기통도 쌓이지 않고
재활용도 쌓이지 않고
화장실 청소도 집안청소도
할 필요 없고

혼자 먹은 밥그릇
하나 젓가락 한 벌
수저하나 계수대에 담그고
사각 김치통 뚜껑 덮어
냉장고에 넣고 몇 끼를
먹어도 줄지 않는

김치찌개 냄비 뚜껑 덮어
가스렌즈에 올리고 리모컨을 집는다

세수도 하지 않은
부시시한 얼굴로
넓지 않은 집안 여기저기를
바라본다
구석구석 적막이다

문은 잘 잠겼나
몇 번을 확인하고
눕지만 잠은 어디로
외출중인지……

난 핸드폰 몇 번 만지고
엎드려 잠을 불러들이는
의식을 치른다

간신이 잠들었던 새벽
꿈 한번 살짝 꾸고 일어났다

온가족이 있을 때에
번잡함이 그립다

이제 시작일지
모를 이런 일상들
익숙해지려니 힘들다.

인생길과 기찻길

- 이정순

창밖으로 지나가는 밖의
아름다운 풍경들
우리네 인생길도 추억 속
아름다운 사연들
젊은 날의 애틋한 그리운
잊지 못할 첫사랑
북적대며 살아온 인생길
생각나는 사람들
소리 없이 지나가는 풍경
알 수 없는 이야기
인생길과 기찻길은 서로
너무나도 닮은 꼴
인생길도 지난 것은 수정
할 수 없는 후회함
기찻길도 지나버린 장소
되돌릴 수 없음을
인생길과 기찻길은 서로
닮은 것이 애달프다.

이정순
1957년 생
서울 출생
한국방송 통신대학교 교육학과 전공
우리매니저 소장

어머니

- 이정순

나를 위해 모든 것을 주셨건만
왜 나는 못주신 것 부족한 것만 기억하는 걸까?

어려서는 진자리 마른자리 애쓰셨건만 고마움은 잊어버리고
금수저 흑수저만 생각하는 못난 딸

이제 연세 드셔 기억력도 가물가물 행동은 느릿느릿
어머니의 모습을 뵐 때 안타까운 마음 속상한 마음이 교차한다

옛 이야기에는 효자 효녀도 많았는데 나는 효녀 딸과는 거리가 멀다
어머니의 모습을 뵈면서 20년 후의 내 모습을 상상하면 서글퍼진다

인생의 무상함 노년을 어떻게 살아야 잘 살았다고 할까?

어머니의 모습을 뵈면서 나의 노년을 바라보는 삶
어머니의 인생은 앞으로 걸어야할 물레방아와 같은 내 몸을
힘들게 움직여서 자식을 위해 무엇인가를
반복적으로 주고 또 주는 주기만 하는 삶

가을바람

- 이정순

내 귓가를 스쳐가는 가을바람
무더운 여름을 보내느라 수고했다고 속삭이네요

우리의 삶에서 풍성함을 느낄 수 있는 가을이 바람에 살포시
실려 왔어요

예쁜 가을바람과 함께 추억의 첫눈 오는 날
첫사랑을 기억 하며
아름다운 인생의 일기장에 추억의 노래를 실어봅니다.

일출

- 이정순

캄캄한 새벽 한줄기 빛으로 세상을 연다

산위 나무들 사이로
영롱한 광채로 솟는
희망 빛 찬란한 모습

어둠의 세상을 밝은 빛
희망찬 활기로 밝힌다

솜털 같은 구름사이로
세상 가르며 떠오르는
영롱한 빛으로 솟는다

솟아오르는 광채 속에서
누군가 희망을 찾았으면
어둡고
암울했던 환경이
희망과 빛으로 다져지길
일출을 보면서 바래본다.

여행

— 이정순

어릴 적 소꿉친구 여럿이
머나먼 타국 땅에 닿았다

생소한 환경 알 수 없는 역사
모르는 사람들과 삼삼오오

처음 와 보는 타국 땅을 마냥
하염없이 묵묵히 달린다

앞좌석 노부부는 무슨 걱정
옆좌석 어린 딸의 행복함

일상을 벗어난 자유함속에
각자의 미래를 설계하겠지

많이 행복한 많이 포근한
미래를 설계하길 바란다.

봄을 심는다

– 나린 이정순

글밭에 마음을 심는다

글밭에 시를 심는다

마음과 시가 자라서

인생의 봄을 심었다

이정순
1977년 생 경북 문경 출생
방송통신대학교 국어국문과전공
문학촌 들풀문학 대상 수상
인향문단 신인상 수상
문학촌 편집위원
도서출판 그림책 편집위원
인향문단 편집위원
문학촌 · 현대문학사조 10주년 기념 100인 명시선 동인

씨앗 하나가 숲을 이루고

- 나린 이정순

우리는 황량한 세상에서
작은 씨앗이었다

메마른 땅에 싹을 틔우고
한그루 나무가 되었다

세상은 아직 겨울,
황량한 벌판 한가운데에서
팔을 벌리고 서 있었다

바람에 지친 가지를
남몰래 일으켜 세우고
눈 속에서 새순(荀)을
불씨처럼 간직하며
겨울 끝자락까지 견뎌 왔다

힘들었던 젊은 날이 있어
새벽 해가 유난히 밝게 빛나는 날
언 땅에 물이 흐르고
순은(純銀)의 햇살이 가지를 감싼다

숲을 이루기까지 삼십 년
이립(而立)을 맞은 나무들이
가지마다 봄을 머금고
풋풋한 향기를 뿌린다.

- 전국검정고시 창립 30주년을 맞이하여

약속

- 나린 이정순

곱디고운 신부 얼굴
행복하게 해 준다고
새끼손가락 걸고
약속 했는데

동산에 해가 지고
뜬것이 몇 해던가

잊혀진 약속이여
사는 게 뭐라고
다 잊고 사는 건가

들풀의 인연

– 나린 이정순

들풀은 알고 있습니다
환희의 그날을…

그것은 잠시 기억합니다

비바람에 지쳐
쓰러지고 일어나고
눈감고 이슬을
눈뜨고 세상을

차디찬 땅에서
한없이 울었던 지난 시간

가슴 열어 희망만 사랑한
그 순수한 정열

험난한 세월 속에
주경야독으로 살아온 삶

동트는 새날
차디찬 땅에서
한없이 꽃을 피우는
새로운 길 찾아
꿈과 희망의 길

들풀은 꽃으로 피어나기에
아름다움입니다.

수성못 연가

– 이태석

잔잔한 옥빛 파도는 은빛으로 빛난다

못둑에는 샛노란 개나리가 도열하니
유유자적하는 오리배의 청춘은 금빛이다

봄바람도 포근한 햇살 따사한 일요일,
폭신한 못 둘레 길에는 사랑의 걷기가 이어지는데
짝지어 걷는 젊음이 있어 이리도 아름다울 수가

호수도 옥빛 하늘도 옥빛 산도 옥빛,
수양버들도 옥빛 새싹도 옥빛이니
내 마음도 옥빛물결로 흐른다

저 잔잔한 옥빛물결에
님의 얼굴 보이고 그리운 추억이 일렁이니
주체할 수 없는 이 마음 어쩌란 말이냐!

이태석
1948년 생
경북 안동 출생
영남대학교교육대학원 교육학석사
『수필문학』 초회 추천(1993),
『문학세계』 시 부문 등단(2003)
대구광역시청소년지도자 문학대상 수상
시집 『이쯤에서』 외 3권, 수필집 『풍경 속 불빛』
대구불교문인협회, 분지사람들 회장 역임

절해고도에 핀 꽃

– 이태석

당당했던 권력도
부귀영화도
꿈인 양
부모 형제 처자식 다 남겨두고
외딴 섬 남해로 유배 온 신세

철썩이는 파도 소리와 바람소리만 들리는
절해고도 유배지 남해에서
수없이 까만 밤을 새우며
돌무더기 밭 가운데 있는 초가집

툇마루에 멍하니 앉아
고향땅 그리워 먼 하늘만 바라보며
눈앞이 흐려졌던 나날들

절망적인 날들 속에
삶과 죽음의 기로에 서서
방울방울 눈물 꽃으로 피었던 고귀한 혼

아득히 먼 한 점 신선 섬에 문학 꽃이 피었다.

살다가 힘들 때

살다가 내 삶이 힘들다고 생각되거든
구미상록학교에 한 번 가 보아라

30여 년 전 야학으로 시작한 풀꽃 학교
기초반, 한글 반, 중등부, 고등부도 있다

겨우 초등학교 졸업하고 구미 와서
낮에는 공장에서 일하고 밤에는 내리감기는 눈 떠 가며
글을 배우고 익혔지만 한 번도 누구 원망하지 않았다

돈 벌어 부모님께 보내어
동생들 학비와 살림에 보탰다

돋보기 끼고 한글을 배우는
할배 할매 옆에서 공부하며

검정고시 합격해서 대학 가고
훌륭한 사람이 되리라고
다짐하고 또 다짐했다.

-구미상록학교/문해정보화교육 지정기관

150 문학촌 동인시집 들풀 꽃이 피다

아카시아 꽃이 피면

아카시아 꽃이 피면 누나생각에
그리움이 밀려 와 눈물이 납니다

아카시아 꽃향기에 열아홉 누나 냄새가 납니다

토라지고 삐지고 티격태격
그리도 사랑하고 좋아했는데
시집간 누나는 첫 출산 때 저 하늘로 갔지요

바람에 아카시아 향기가
하늘에 있는 누나 향기인가 봅니다

가만히 눈 감으면
아카시아 향기에 취해
설레던 그날들이 다가옵니다

오월 파란 하늘에 흰 구름 흘러가고
아카시아는 온천지에 피어나니

그리운 누나 생각에 눈물이 주르르 흐릅니다.

문학촌 동인시집 들풀 꽃이 피다 151

수덕사

수덕사에 봄이 내린다

덕숭산 안온한 품에 연초록 바람이 부니
따사한 햇살이 졸다 깨어나고
흘러가는 흰 구름도 머문다

인적 끊긴 견성암에는 산새소리만 간간이 들리고
산길 백리 수덕사에 밤은 깊은데
고요한 법당에 촛불이 홀로 흔들릴 적에

속세에 두고 온 인연은 어찌하여 잊지 못하는가

죽음조차 두려워하지 않던
불같은 정열을 토해내고 난 뒤
청춘을 불사르지 못하면 생사를 초월한
영원한 청춘을 얻을 길이 없다는 일엽 스님의 말씀은
요즘도 비구니 가슴에 불을 지르고 있으리라

속세에서 맺은 잊을 길 없는 사랑

비구니들의 숱한 사연을 품은 수덕사에는
세월가도 따사한 햇살이 내리고 있었다.

앨범

- 이택근

서재 정리를 하다가
빛바랜 노란 추억들을 꺼내봅니다

초등학교 어느 해 여름
미류나무 그늘에 깔아놓고 공부하던 멍석하나
아직도 썩지 않은 채 펼쳐져 있습니다

이미 오래전 삼켜버린 것들 중에도
입에서 떠나지 않는 뒷맛처럼 남아 있습니다

지금 쯤 그것들은
잎과 잎 사이를 좁혀주는 새 똥과
경운기의 소리까지 받아내고 있을 것인데
나는 지금껏 작은 것 하나
소중하게 받아내지 못하고 삽니다

다급한 소나기가 물길을 끊어 놓은
고샅길도 보입니다

그 뿐 아니라 익지 않은 사과처럼
내 가슴을 울컥거리게 하든
애 어른 같았던 한 소녀는
제 모습을 닮은 사과 농장을 합니다

운동회 때마다 번번이 나를 추월하던
덩치 컸던 녀석은 생계의 수단으로
탄피를 쏟아내는 택시를 하고 있습니다

나는 지금도 구린내 나는 옹알이를 먹일 때가 있지요

오늘은 까마득하게 잊고 살던
오래된 사진 몇 장 불러 앉혀 놓고서
가슴에서 불 나간 지 오래된
형광등 하나 갈아 끼우고 있습니다.

이택근
1952년 생
서울 출생
예산농업고등 전문학교 졸업
청운대학교 졸업
2000년 경희대학교 국제법무대학원 수료
2014년 중앙대학교 주택 및 자산관리최고 경영자과정 수료
현재 륜덕종합건설주식회사 대표

어머니

– 이택근

백미를 쏟아낸 쌀겨처럼
방앗간 한쪽에 소리 없이 쌓이는 생의 껍질들
깊게 패인 세월사이로 흐르는 긴 강물 같다

탱글탱글 여물게 키운 쭈글쭈글한 감정들이
번번이 하현달 기우는 소리로 들린다
하여, 세월 가는 쓸쓸한 것쯤은 대수가 아니네

끊어진 탯줄의 한쪽을 꼭 잡고 오가도 못하다가
세월의 마디에 쌓였던 분이라도 빼내듯
끄…응

모든 시간을 감정 절제에 사용한 어머닌
버릴 때가 되어도

그 때를 맞추지 못하는 죄스러움 때문인지
수시로 벽을 향해 돌아눕는 사이
벽지도 그림자처럼 그녀를 닮아간다

지난 70년은
옆에 있지도 않았던 아버지를 생각하느라
한 생이 다 무디어진 여인이시여

칠순이 다 된 나 또한 마음 한쪽에
낙엽이 켜켜이 쌓이게 될 줄도 모르는
주변머리 없는 생 앞에서

자주 소심해져
별게 아닌 것조차 섭섭해지는데
그녀가 살아온 방정식 하나는
부처님의 귀라도 닮아 흔들리지 않는 것일까?

(내가 다듬어 따라야 할 이유입니다)

봄의 소포

– 이택근

계절병에 시달릴 만큼 시달린
나무들의 각질 사이로
아직도 삭풍은 제 집처럼 드나든다

떼쓰듯 한 드문드문 잔설에
나무의 입장보다 더 초조한 내가 있다

얼음장 녹이는 봄이면 무언들 녹이지 못하랴
꽁꽁 언 계곡이 누군가 그리워
얼음 빗장 사이로 커튼을 제껴본다

간절한 누가
봄 마중을 먼저 나갈 것인가

샛강 어디쯤
골짜기 바위 어느 틈엔가 내려놓을
저만치서 오는 봄의 소포를

너와 내가 받아
포장마차 따끈한 우동에 풀어 넣고
꽁꽁 언 가슴의
문고리라도 잡아 열어 제치고 싶다.

또 다른 동행

- 이택근

노을보다 더 깊게 가라앉은
하루 분량의 피곤을 이끌고
집으로 향한다

네온 빛을 다 삼킨
도시 한쪽에서 돌아가신 아버지가
저벅저벅 걸어 나오신다

아버지는 그랬다
이름을 알 수 없는 허기의 끝자락에서
내 악습의 대리인이 되어
마법처럼 공복을 채워주셨다

오늘은 그 아버지가
육신을 놓고서
포장마차의 오래된 저녁과 마주 앉는다

한쪽 귀퉁이가 곪기 시작한 내 삶을
따뜻한 우동처럼 건네주며
어깨를 도닥이다가
개 소리가 끊긴 지점에 이르러서야
국화 향처럼 떠나신다

아버지는 늘 그랬다.

옥탑방

– 이현수

황폐한 땅, 갈라진 등허리
어디쯤에 이처럼 아름다운 희망이 남아있는가?

동서남북 하늘을 올려다보니
초롱초롱 빛나는 수많은 별들
아름답게 빛나는 저 수많은 별 가운데

나의 별은 어디에 있을까?

맨땅에 헤딩하며 살아온 삶의 무게 앞에
배고픈 토끼에게 풀밭의 경계선이 어디 있으랴

공정한 사회를 꿈꾸며
인생 역전을 꿈꾸며

새로운 희망을 품고 순풍에 돛 단 듯
항해 하기만을 바라는 주인공
옥탑방

이현수
1956년 생
전북전주 출생
경희대학교 대학원졸업(경영학석사)
호서대학교 일반대학원 법학박사
법무법인 민주 법무국장

끝없는 사랑

- 장 기 양

배고픈 사람이 구걸하고 다니면
어머님은 먼저 식사했느냐고 묻는다
가족 눈치도 안보고
밥상을 차려주는 모습이
자연스레 내게 옮아왔다

33개월, 군복무하는동안
어머니는 배고픈 이를 위해
매일 밥 한그릇을 이불속에 덮어놓으셨다

제대하고서
그 사실을 알았는데
어머님의 끝없는 사랑이
지금도 내게 이웃사랑의
원동력이 되고 있다

주고받는 사랑이 아닌
조건없는 큰 사랑이
감동으로 이어져 가끔 우리 가슴을 적신다.

장기양
1957년 생 전남 화순 출생
대한적십자사 헌혈유공 금장 수상
HI SEOUL NEWS 제3기 시민기자
(2009-2010.교통분야 활동)
수락운수 운영위원
한국우편엽서회 총무이사

왜 더디더디 살아온 꽃이여

- 정금진

더디 살아온 세월을말하다
들쭉날쭉검정인들은
이제 새로운 30년
더디 살아온 향기나는 꽃
되어보련다

울컥할 시간도없시
숯검정이 된 꽃들이
이제는 예쁜 들꽃으로 핀다
마치 바다에 방파제 칼바람 속에서도
흔들리지 않는 우리의 꽃은 핀다

매몰차게 도도하게 힘은 있어도 예쁘진 않았구면유
아아 이제는 피는가보다
그것도 예쁘게 양귀비는 못되더라도
필요한 꽃바구니처럼
전국 방방곡곡 피어나다

더디 살아온 인생꽃이여
시들지 아니한 꽃
검정고시인 꽃

정금진
1964년생
경기 이천 출생
전기사업

그리움

- 정순이

꿈을 찾아 머나먼 곳으로 떠나간 딸아
너의 소식 너의 모습
별빛 달빛 구름타고 보여줄래

하늘빛에 그려서 노을 속에 보여 줄래
곱고 환한 얼굴 꿈속에서 보여 줄래

햇살 보고 말할 걸 그랬나
너 있는 곳까지 데려다 달라고 해 맑은 너의 모습
눈을 감으면 허공에 나타날까

뭉게뭉게 피어오르는
그리움이 너를 만나러

날짜선을 지나고
태평양을 건너서
금문교 위를 날고 있구나

정순이
1963년 생
서울 출생
방송통신대학교 국어국문학과 재학

하늘 마중

– 정주현

하늘 가까이
날갯짓하며
마중 가니
그저 자유롭네

작은
점
하나

놓았을 때
가벼워짐을
체험해 보네

초록산
언저리에
환한 웃음 띄워

바람 타고
수…우 …웅…

정주현
1958년 생
경남 산청 출생
부산 여대 식품영양과 졸업
1988년 영양사 라이선스 취득
주) 세정 40년 근무
현 호일침 한의원 근무

들풀향

– 정주현

흐린 하늘을
콕, 찔러 봤더니
비가 내리네

내리는 빗물을
두 손에
마음에 받으니
그리움에 젖네

비는 우산으로 피할 수 있지만
그리움에 젖는 건 어떻게 하지
괜히 찔러 봤다 싶네

들풀향
콕, 찔러 보면
들풀향비
내리겠지

가슴 뭉클한 사연들이
감동비 내려
마음을 적시겠네.

야생초 편지

- 정주현

야생화 핀 오솔길 걸어
들꽃 무리 하늘거리는
꽃잎이 애처로워
눈물겨운 노랑 무늬 붓꽃

꼭꼭 숨어 살포시 얼굴 내민
눈 비비고 찾아 낸 구슬 붕이

비탈진 산속
도도한 자태 개별꽃

연둣빛 가지 끝에
앉은 은구슬 쥐오줌
손끝에 맺혀 있는
진주 같은 눈물방울 노루삼
휘휘 늘어진 가녀린 줄기
아름다운 화관 줄산딸기
내 마음 흔드는
환상의 보랏빛 벌깨덩굴

자세히 보거나 그냥 보아도 이쁘니
산속 비탈길 바위 틈새
소리 없이 웃고 있는
바람의 친구

작은 떨림에도 웃어주는
너의 이름
야생화.

금낭화

– 정주현

조롱조롱 매달리어
주머니가 볼록하게
무엇을 가득 넣어
누구를 기다리는겨

보릿고개 시절
얼마 남지 않아
이팝을보고 부러워도 하고

노오란 송화 꽃가루 날릴 때
어쩌면 베푸냐고
새하얀 찔레는 짙은 향 나누고
푸른 대궁은
내동무랑 차지했지

아침마다 달아지는 복주머니가 사랑스러워
사립 옆 울타리에 어여삐 심겼지
오늘은 얼마나 동전이
가득 찼을까

오늘도 쳐다보고
내일도 또 쳐다보며
또 가득 찼을겨

귀염둥이 요정아
유난히 한결
어여쁘구나.

엄마

– 정주현

아이가
엄마의 손을
꼭
잡았을까

엄마가
아이의 손을
꼭
잡았을까

강가
모랫길을
걸어가는 모습에
사랑을 본다
그립다

엄마가……

가을마중

- 정지우

가을이 조용히 이쁘게
내 마음에 와 버렸는데

벌써 가을은 떠나려 하나니
겨울준비도 없이 말갛게
벗어버린 마음인데

나는
이 가을
사모하는 마음 내려놓으려
그리운 마음 지우려
온 몸으로 미세한 떨림을 한다

낙엽아!
흩어짐이 서럽더냐?
너도
바스락 울음을 삼키는구나

정지우
1953년 생
부산 출생
동주대학 패션디자인학과
방송통신대학 국어국문학과
국민연금생활수기 전국 우수상
대학에세이공모전대상
패션디자이너 / 시인

마음의 창

– 정지우

가만히 내 마음을 들어다 봅니다
보이지 않습니다
뿌옇게 때가 끼어서

입김으로 호호 불어 먼지를 닦아
봅니다
그 동안 보지 못했던 마음의 창이
보입니다

시기 질투 미움 슬픔 온갖 잡동사니
방을 가득 채우고 있습니다

깨끗이 쓸어내고 닦아내고 심플하게
커피 찻잔 두개
별님 달님 불러 모아
그림도 그리고 도란도란 이야기꽃을
피우며 이쁘게 그려 가렵니다

놀러오세요
산뜻한 이방으로 커피 한잔으로
칭찬으로 배려로 나눔으로
사랑가득한 방을 만들어 갈까합니다.

우리 사랑 합시다

- 정지우

쿨 하게 살자
표현하며 살자
사랑하며 살자

짧은 여행 다 사랑하고 살아도
부족한 마음

마음에 넣어두지 말고
가슴에 담긴 말하고 살자

좋으면 좋다 보고 싶으면 보고 싶다
마음 가는대로 한번쯤은 하고 살자

해도 후해 안 해도 후해라면
해보고 후해하자

가슴시리도록 이쁜 이말
많이 합시다

사랑합니다. 좋아합니다.

겨울마중

– 정지우

가을을 보내는
겨울의 길목에서
잃어버린 시간을 채우려
목마름을 채우려
길을 나선다

가을아!
이별을 서러워 마라
내년을 기약하는 기다림이잖아

나 또한 보내고 새로움을 담으려
겨울을 마중하러 간단다

가고만 오고 져야만 피는 것을
서러워 말지어다
함께 손잡고
눈꽃 마중 가자구나!

낙엽의 이별

낙엽
아!
가을의 이별
아프겠구나

나도 너만큼 아프다
이별을 준비하고 있단다

달빛 그림자로
상처를 동여 메어본다

가슴에 남은 시린 물집
화상처럼 뜨겁지만
아프지 않으려
안으로, 안으로 숨긴다

들킬까봐
서러운 마음보이기 싫어
꿀꺽 삼킨다

당신을 향한 내 마음
핏빛 눈물을

계절의 길목에서

– 정태하

붉게 물들어 버린 거리의 가로수가 하나
둘 낙엽 되어 거리에 나 뒹굽니다
지나가는 행인들이 무참히도 밝고 지나갑니다

지난여름 푸르름이 한창일 때 매미부부 찾아와
사랑을 노래하였고 오가는 행인들에게
시원한 그늘 만들어 쉬어가게 하였거늘
이제는 청소부마저 귀찮아
어서 빨리 낙엽 되어 사라지기를 바라고 있습니다

앙상한 가지만을 남겨둔 채 홀로이 서있는 이들이
마치 시골에 계신 할아버지 마냥 몰골인 냥 합니다

우리네 인생살이도 언제인가 마지막 잎새 되어 사라지겠지요
남는 것은 인생의 허무와 무상함이 가득한 것을 한평생
물들지 않고 시들지 않는
한그루의 상록수와 같은 인생이 될 수는 없나요

괴로움과 외로움 모두 떨쳐 버릴 수 있는 찬란한 인생이 될 수 없나요
이것이 우리의 숙명이라 말을 하나요
그대여 오십시오

누우런 황금빛 들판을 가로질러
시월이 오는 들길로 그대여 오십시오
갓 털어 올린 까치집을 지나 볼일 없이 까마득 높은 잎나무 가지를
휘어가며 그대 단 한번만 오십시오

그대를 위해 열려진 가슴으로 묵묵히 뛰어들며 그대의 것으로
남겨진 상록을 확인하러 오십시오

총총히 맺힌 이슬 알맞게 익어 태양을 안으로 삭이는 아침녘
핏빛보다 더 고운 홍조 띤 얼굴로 마음 흩트리지 않고
언제나 늘 푸른 상록수의 푸르름을 만나러
그대 단 한번만 상록으로 오십시요.

정태하
1956년 생
경북김천 출생
김천 대학교 전자통신과 졸업
국립금오공과대학교 산업대학원 수료
경희대학교 사회교육원 경영학졸업
자랑스러운 신,한국인 선정 대통령상 수상
법무부장관 자원봉사 유공교정위원 표창
교육부장관 자원봉사 유공교원 표창
제32회 교육부 스승의 날 현장체험 수기 공모 은상수상
2006년 월간 한울문학 신인작가 당선
2018년 중앙뉴스 신인문학상 수필부문 등단
저서)나에겐 꿈이 있습니다.
저서)어둠을 밝히는 작은 등불이 되리라.
저서) 내,영혼의노래

아내야

- 정태하

그래 나는 한평생 너무나 비굴하게 살아 왔었어
청순한 너의 가슴에 먹구름만 가득하게 하고선
얼마나 몹쓸 짓을 하였는지 몰라

그래 아마 나는 이담에 천벌을 받을지도 몰라
너에게 나라는 존재는
온통 떨어지지 않는 무거운 짐이었는지도 몰라

연예시절 그때는 온갖 사탕발림으로 유혹하여 놓고
시집와서 40년 이제 와서는 내 몰라라 했었어

아니야 결코 용서해 달라고는 하지 않을래
이제 와서 그까짓 말 한마디가 무슨 소용 있겠어
행동으로 실천으로 보여주면 되잖아

그리하여 너의 입가에 환한 미소가 가실 날 없게 하면 되잖아
사랑을 담보로 하고 말이야……

밤이 오는 길목에서

- 정태하

밤이 오는 길목에서!
지금은 정적만이 고요히 흐르는 어두운 밤입니다

어디선가 휘황찬란한 오색네온 불빛이 나를 오라
유혹하여도 나는 가지 않을 테요

어디선가 은은히 울려 퍼지는 아름다운 멜로디가 나를 오라
손짓 하여도 나는 가지 않을 테요

내 마음속엔 오직 당신을 위한 그리움만 가득한데
오색등불 아래서 술 마시고
춤추며 노래하면 무얼 합니까

언제부터인가 다가오는 어두운 밤이 무섭기만 하였는데
이 밤이 기다려지는 것은 왜 일까요

아마 어두운 밤하늘 무수히 펼쳐있는 흘러가는 유성처럼
나의 마음을 수놓고 싶은 까닭일까요……

176 문학촌 동인시집 들풀 꽃이 피다

k형!

이른 아침잠에서 깨어나 창문을 열고 하늘을
바라보았지만
아직도 나의 마음은 아무것도
깨어 있질 않습니다

오늘 하루를 맞으려 발버둥 쳐 보지만 아직까지
못내 아쉬운 듯 가로등 불빛이
꺼지려 하질 않습니다

새벽을 가르며 외치는 저 소리 소리들
거리를 쓸고 있는 청소부 아저씨 !
아침 조간신문을 바쁘게 나르는 사람들

두부사려 땡그랑 거리는 종소리가 흥겹습니다

옷깃을 여미고 손이 시려운 듯 모닥불을
피워놓고 발을 동동 구르며 불을 지피는
사람 사람들

그들은 과연 누구를 위한 몸부림 입니까
누구를 위한 바램 입니까

자기 자신을 지키기 위함 입니까
남을 위함 입니까

이것도 아니고 저것도 아닌 나의 위치는
내가 서야할 곳은 어디 입니까

이렇게 가만히 누워서 날이 밝기를 기다리고
있으면 됩니까

저들과 같이 동행 할 수는 없나요
저들과 함께 살아 갈수는 없나요
K형,
창밖에 아침 햇살이 스며들고 있습니다.

내 탓이요

우리가 이렇게 헤어져 있는 것도
내 탓이요!

당신과 이 밤을 함께하지 못한 것도
내 탓이요!

하늘이 나를 저 버린 것도
내 탓이요!

그대와 눈 내리는 가로수를 함께 거닐지
못한 것도
내 탓이요!

사랑하는 그대를 홀로이 보내야 하는 것도
내 탓이요!

마지막 잎새가 바람에 흩날리는 것도
내 탓이요!

떠나는 당신을 붙잡지 못한 것도
내 탓이요!

우리가 이렇게 헤어져 사랑을 노래하지 못한 것도
내 탓이요!

그리움

- 정현주

문득 올려다 본
하늘에 떠가는 구름사이로
그리운 얼굴이 떠오른다

바람에 떨어지는 낙엽사이로도
빨갛게 익어가는 홍시 속에서도
코스모스의 향기로움 속에서도
노랗게 익어가는 모과 향기에도

그리움이 묻어나온다
그리움이 깊어지면

외로움도 깊어질 텐데
이러면 안 되는데

자꾸 생각이 난다
이 좋은 가을
하늘아래

정현주
1959년 생
서울 출생
서울문화예술대
실버경영학과3학년재학중

가을이 그리운 건

– 정현주

낙엽 떨어지는 소리가
허전한 내 마음 같아서
그리운 걸까요

가을비가 그리운 건
내 눈물이 빗물에
감춰질 수 있어서 그리운 걸까요

가을햇살이 그리운 건
청명한 하늘이
내 마음을 편하게 하여 그리운 걸까요

가을밤이 그리운 건
귀뚜라미 소리가
서글픈 내 마음 같아서 그리운 걸까요

가을단풍이 그리운 건
예쁜 색동옷을
입은 님 생각에 그리운 걸까요

가을이란 계절이
그리운 건 가을이 지나야
오는 겨울이 그리운 걸까요

단풍

– 정현주

푸르던 잎이 한잎 두잎
예쁜 단풍으로 물들어갑니다
한 잎만 물들 때
잘 보이지가 않더니
두잎 세잎 단풍이 물 들으니
조금씩 가을이란 느낌이 옵니다

이제는 셀수 없을 정도로
많은 단풍이 물들었습니다
물들은 단풍잎 수만큼 그만큼 내 마음도
그리움으로 물들어 갑니다

그리움이 깊을수록
외로움도 깊어갑니다

겨울이 오기 시작하면
예쁜 단풍잎도 하나 둘
떨어지겠지요

그때 쯤 외로움도
눈 녹듯이
사라졌으면 좋겠습니다.

살다보니

– 정현주

기쁜 날도 있고
슬픈 날도 있고
좋은 날도 있고

외로운 날도 있고
그리운 날도 있고
꽃이 피면 꽃향기에
취해도 보고

뜨거운 태양빛 아래
그늘을 그리워도 해보고
가을하늘 아래
바람에 날리는 낙엽 보며 아파도 보고
첫눈이 오면 설레임에 하늘을
한없이 쳐다도 보고
기쁠 때에는 함박웃음도 지어보고
슬플 때에는 눈물도 흘리고

아무리 애를 써봐도
내 마음 대로 안 되는 것이 인생인데
그냥 흐르는 강물처럼

그냥 편하게 생각하면 좋으련만
그것이 힘드네…

아비의 마음

- 조병엽

새끼들과 같이 있으면 편안하고 속상하다

새끼들이 밖으로 나가면 불안하고 걱정되며
새끼들과 떨어져 있으면 항상 생각난다

머리에서 가슴으로 내려와
마음에서 자라고 있는 새끼들이 아른거리면
그 무엇이 떠올라 나를 이토록 괴롭힐까

세월이 흘러 새끼들이 아비와 어미가 될 때
아비의 심정을 느끼며 이해하겠지…

돈도 명예도 좋지만,
아프지 않고 항상 건강 하라고 아비는 말한다.

조병엽
1970년 생
서울 출생
전산응용건축제도기능사 등 다수의 자격증 보유
개인사업

한장두장

- 조병엽

얇은 종이 한 장은 약한 바람을 맞아도
꿈틀 되며
조금 강한 바람을 맞으면 움직이고
쌘 바람을 맞으면
가볍게 힘없이 너풀너풀 날아간다

종이 한 장이 바람을 맞을 때 보다
한 장 두 장이 모여 겹쳐서
바람을 맞으면
바람이 불어도 견디는 버팀의 힘이 강하겠지요

종이가 한 장 두 장 모여서 쌓이고 겹치면
커지고 두터워지며 강해진다

삶을 함께 할 수 있는 벗과 님도
한 사람보다 둘이면 좋고
많으면 더 좋지 않겠는가?

말

- 조병엽

보이지 않는 허공을 바라본다
속으로 말을 한다
"말을 하고 싶지 않을 때는 이렇게 허공을 보자"

어이야 둥둥 어이야

세상 살아가며 말을 하고 싶지만 그렇지 못하고
꾹 참고 마음속으로 삭힌다
가슴이 답답하지만 조금 지나면
괜찮다

아이야 둥둥 에이야 둥둥

허허허 말 말 말
말을 하고 싶지 않다

헤이야 둥둥 헤야 헤야 어이야 허허

좋은 말만 듣고 싶다
듣는 사람의 귀를 행복하게 해 주는 좋은 말만 듣고 싶다.

좀고추 나물 꽃

– 조용환

남과 겨루면서 사는 것이
삶이겠지요

의도하였건
예기치 않았던 경쟁은 이뤄집니다

논두렁에서도
작은 전쟁이 늘 일어납니다

키 작은 좀고추 나물 꽃도
키 큰 풀 틈에서 꽃을 피웠습니다.

조용환
1962년 생 전북 김제 출생
고려대학교 졸업
(사)한국농어촌빅텐트 발행인
여수 EXPO 조직위원회 홍보실장

가을 유혹

- 조용환

생명체는 필요에 의해서
어느 부분을 발달시킵니다

꽃은 바람에 맡겨 수정하기엔
무언가 부족했습니다

그래서
꾀를 내어 꿀로 나비와 벌을 유혹했습니다

이 가을의
파랗고 붉은 달콤한 유혹을 견뎌 내실 수 있나요?

회상

- 조준호

지난날, 생의 지문으로 남은 이 아침
그 무늬 따라 펼쳐진 의식의 물결
모든 순간에 놓인 그 미로 앞에서
오늘은 어떤 무늬를 남길까?

익숙한 삶의 방편에 특별한 것 없을 지라도
먼저 간 자들에게는 미래였던 오늘
숭고한 그 의미!

소중한 걸음 위에서 아름다운 존재의
새 지문으로

누군가의 희망이 되는 찬란한 여정이길 빌며
사랑이 가득담긴 길로
남아있길 기원 해봅니다.

조준호
1960년 생
충북 옥천 출생
서울교통공사 부장
서울시장 공로표창, 노원구청 봉사대장
서울시 인명구조 의인상
서울소방청 인명구조 실버뱃지수상

선로선 밖 사람들

- 조 준호

띠리리링…^^
열차가 도착 합니다
안내방송 따라
선로선 밖으로
줄을 서는 사람들

한결같고 익숙한 몸놀림
유심히 그들을 쫓는 내 마음

두터운 어깨
45도 아래를 보고 있는 무표정
앙 다문 입술
터벅터벅 발걸음

목적지가 어디이든
삶의 현장인 그곳을 향해
새벽 열차를 탄다

자기 선 그 자리 그곳에서
사회의 한 일원인 역할을 위해
가장 이라는
이름을 가진
그들이 출발선은 같지만

종착역이 다른
선로선 안 열차를 탄다.

가을을 마셨다

– 조 준 호

가을을 마셨다
붉디붉은 알 하나
어느 가을날 열매의 맛을 보았다

낙엽 하나 떨어졌을 뿐인데
멀어져 버리는 계절의 속삭임

나무는 바람 속에 밀어를 듣고
지난날 속삭임에 눈물을 흘려
봄의 설렘과 꽃의 떨림을 알았던 걸까?

사랑은 햇살처럼 빛났건만
탐닉한 시간만 쓸려가는 바람

보듬고 안아도 모자란
사연은 낙엽으로 떨구고
메마른 눈물을 대신한다

돌아온 하나로써 시린 날을 기억하고
암갈색의 하늘이 운다

떨어짐의 파장은 혼돈처럼 멀어짐의 이유
무언의 항변, 놓아버린 의미를 묻지 않고
비워버려 외롭지 않다고 하는 날

붉디붉은 알
결실을 맺는다.

봄을 기다리는 마음

– 조준호

사랑과 꿈을 품고
나목 속에 웅크리고 있는
봄을 보았습니다

이제 한창인 겨울을 보내기엔 멀기만 하지만
봄은 싹을 틔우고 꽃을 피울 꿈에 젖어
추워도 행복해 합니다

이제 막 이성에 눈이 뜬 인연에게도
조금 전 이별을 한
연인의 가슴에도
찬바람이 불고 있지만

나목처럼 심장의 고동 소리가
꿈을 꾸고 있는 것을 봅니다

겨울이 와도
절망이 닥쳐도
슬픈 이별이 와도
가슴에 사랑의 싹을 품고 있으면

봄도 희망도 행복도
그리고 사랑이
찾아온다는 것을 알아야 합니다

나목 속에 웅크리고
꿈을 꾸고 있는 봄을 예견 합니다.

나의 길을 찾다

- 최경순

늦은 출발이 화근이었을까
서녘하늘 속으로 타들어가는
벚꽃과 유채꽃의 환영(幻影)에 취했을까

홀린 듯 미끄러져 들어가는 길
섬이 섬을 낳고 있는 바닷가를 달릴수록
어둠의 공포가 가슴을 조였다

점점 어두워지는 초행길을 분간하지 못하고
낯선 숙소에 주저앉은 봄나들이
약속처럼 아침은 오고
창밖은 온통 꽃들의 신천지다

어젯밤 길을 잡아먹던 검은 포식자는 어디로 갔을까
흔적하나 남겨두지 않았다

바다와 하늘은 한통속으로 푸르고
화려한 꽃들을 보며 잠시 환희에 젖어보는데
해금강이 아침태양을 밀어올리고 있다

맑은 태양빛을 가슴가득 안으며
어젯밤의 공포를 말끔히 지워버린다

길은 어디에나 있고 어디에도 없는 법
환한 봄 길을 달리며 나의 길을 찾다.

민들레

- 최경순

봄맞이를 나선다

아직은 이른 듯 차가운 바람 속에
날카로운 손톱이 느껴진다

덤불속에 노랗게 웃고 있는 민들레 한 송이
시선을 맞춰준다

순간 마음의 골방에 환한 불이 켜진다
봄이 먼저 와 있었던 것이다

더디고 더딘 사람의 마음

양지바른 담벼락 아래에서
갈라진 콘크리트 틈새에서
키도 작은 것들이 벌써 홀씨를 날린다

아랫배에 힘을 모아 후…불어준다

가볍게 천천히 허공을 날아오르는 것들
다시는 돌아오지 않을 것들

간당간당한 삶속에서
쓰러지지 않고 버틸 수 있었던 것은
나에게도 민들레의 유전자가 있었음을
봄을 맞이하며 알았다

최경순
경남 하동 출생
한국 문인협회 회원, 평택문인협회 회원,
문학광장 문인협회 회원,
경기 신인문학상, 다선문학상, 문학광장 문학대상,
평택 문학상. 문학광장 시 부문 등단
저서 : 시집 『그 생각이 나를 지배하기 시작했을 때』,
『삶』외 다수 공저, 가곡 『소사벌의 아침』작사

빈터

왁자하던 소리의 시간들이 사라지고
조용한 어스름의 빈 터
가로등이 하나 둘 깨어나고 있다

늙은 소나무에 걸려있던 석양이 툭 떨어지자
하늘도 어둠 쪽으로 기운다

모여 놀던 구름들도 뿔뿔이 흩어지고
강을 건너 온 바람이 주인행세를 하고 있다

작은 풀들이 보여주는 하루의 뒷모습에서
문득 내 삶의 행보가 읽혀진다

때로는 풀이었다가 구름이었다가
바람이 되었다가
끝내는 소나무를 놓아버리는 석양이 될지도 모르는

나무 벤치에 몸을 걸치고
깊고 긴 사색의 골짜기를 더듬어 본다

불꽃으로 타오르고 싶었던 날들의 행방을 찾아본다

지난날의 행방이란
이곳을 스쳐간 소리들처럼
흔적조차 남기지 않는다는 것을 알지도 못한 채

아들의 방황

- 최춘희

내 삶에 쉼이 없던 그 시절
아들이 학교는 뒷전
주변에서 주먹짱으로 방황하였습니다

삶이 무엇이기에
자식 잘되고자 살아가는 희망
밤하늘의 이슬을 안고
눈물로 밤을 덮었습니다

방황하던 그 한강에서
같이 죽자고, 같이 살자고
내 눈물 피가 되어 닦았습니다

그 시간이 제일 힘든 시간
그 눈물 사랑이 되어
이제 아들이 의사가 되어
나를 업고 갑니다

사랑합니다
내 눈물 받아준 나의 아들.

최춘희
경기도 양평 출생
한국방송통신대학교(경영학과)
삼풍플라워 운영

낙동강 둔치도

- 하나연

가을향기 날리는 금빛노을
내 마음 노을에 물들고
노을은 그리움에 물든다

음악소리 애잔히 흐르고
낙동강 물결도 음률에 흐른다

낙엽 뒹구는 들녘에
보랏빛의 가녀린 구절초가
잊고 지낸 추억을 불러
잠시 낭만에 젖어본다

늦가을 향기 흩날리는
낙동강 변 둔치도의 하루는
석양빛에 물들어 가고 있다

또다시 내일의 태양을 기다린다.

하나연
1960년 생
부산출생
글로벌중앙평생교육센터 원장
한국승강기 대학 겸임교수
부산시교육청 전문상담사
저서 : 대인관계능력, 알기쉬운집단상담

송년회

- 하나연

새벽별 내려오고
가로등의 짙은 불빛이
환하게 비출 때쯤이면
거리도 조용하다

불빛들 길동무하여
터벅터벅 걷는다

곤하게 잠들었던
들 고양이 잠 깨우고
별빛을 등불 삼아
폐지 줍는 노인의 손놀림 빨라진 골목을
살금살금 걷는다

흐느적 걸음걸이 모습이 부끄러워
전봇대 담벼락에 사알짝 숨어본다

유난히 밝은 유성우
숨을 수도 없구나 !

바삐도 걸었건만 내년을 기약해보는
송년에 취한 귀가길

신선의 삶 즐긴다
인생의 고락을 즐긴다.

외로운 날에는 노을이 되고 싶었다

- 하나연

검붉게 타오르는 노을처럼
자신을 활활 태우고 싶었다

언제부턴가 난 외로움의 친구
고독의 연인이 되어있었다

쓸쓸한 밤이면 별이 되고 싶었다

저 먼 높은 곳에서 지상에 사는
사람들의 모습을 보고 싶었다

염원 담은 별빛으로
내 속의 얘기를
사람들에게 전해주고 싶었다

아무 말 없이
아무 이유 없이
슬픔이 다가왔고
넋은 스러져
서편 하늘로 지고 있었다

탄다
타오른다

넋속의 아픔이
활활 타오른다

너무나도 추운 이 세상에서
쓸쓸이 살아 춤추는
애틋한 넋이
아프게 피 흘리며
탄다
타오른다

넋속에 아픔이 되어……

폭우

– 하나연

바람친구 놉하여 그렇게 그가 다시 돌아왔다
세찬 비바람은 성난 포유처럼
삼키고 갈기고
어휴! 어휴! 무서워라!

밤새 웅크리며 긴 밤 지새우니
아침이 되니 고요함이 찾아왔다

그들은 어디로 간 것일까!!

빗물처럼 젖어드는 고독감
클래식 음악과 함께 오늘도
인생의 여행을 떠난다

유리창에 토닥토닥 떨어지는
빗방울이 장마를 알린다

이번여행은 빗방울과의 여행으로

길 떠나 볼까나!

시계

- 하나연

점차 빨리 간다

떠밀지 않았는데
무디게 갈 줄 알았는데
스쳐 지나가고
발자국을 성큼성큼
지나가는 세월 속에 숨 쉬고 있다

쉬어가지 않는
다가가기도 힘들고
사는 것에 메이고

그리 쫓겨 가며
작은 것의 만족도 느끼려하고
많은 것 가지려 하지 않는데
이리 정신없이 사는 건지

돌아봄은
가진 것도 별로 없는데

가끔
문득
생각에 잠긴다

어디로 향하여
가는 지……

세월의 시계는 건전지 빼어 놓아도 돌아간다.

의자

– 한능심

나는 비어있네
당신을 기다림으로

몸과 마음이 지친 당신을

언제든지 오시면
나는 그대에게
내 자리를 드리오려니

여기서 편히 쉬다가
힘을 얻어
다시 새 출발하시게…

한능심
1960년생
인천 영흥도 출생
한국방송통신대학교 문화교양 학과 3학년

갈증

– 한능심

허무함이 몰려와
나는 핸들을 잡았다

수년간 쌓여왔던 추억들이 맴돌아
차는 차대로
가슴은 가슴대로
외면한 채 제 갈 길로 아무 말 없이 달린다

힘없는 입가엔 뜨거운 짠물만
스며들며
인연의 허무함은 끝이었나 보다

어느덧 차는 동해 끝자락, 촛대바위 앞에 다다랐다
동해바다의 가을바람은 파도와 함께 옷깃을 들어 목을 감싸니
아직 내가 살아 있나보다
한기가 몰려온다

바다는 꿈쩍도 않고
철없는 갈매기만 춤을 추며 높이 날아 나를 부른다.

행복합니다, 행복합시다

- 한능심

현재에 만족하고 즐기며 감사 합시다
둘러보면 모든 것이 기쁨이고 행복입니다
주변엔 감사가 넘쳐흐릅니다

바삐 살아다보니 알아차리지 못했을 뿐
조금 더 하는 욕심이 행복을 가리웁니다
이제 우리는 천천히 쉬어가도 됩니다

나이 육십이면 충분히 헌신 했으니까
자신을 찾아 시간을 사용해도 됩니다
잊고 산 소소한 기쁨들을 찾아봅시다

걱정과 근심 다 내려놓고 둘러봅시다
작은 기쁨들이 모여 행복이 모아집니다
잊고 산 친구들에게 안부도 물어봅시다

동심을 나누며 어우러져봅시다
사계절 변화하는 야생화를 키워봅시다
꽃들과 정겨운 대화도 나누어봅시다

봄날의 신비한 새 생명을 느껴봅시다
한여름 시원함과 그늘도 느껴봅시다
가을날 낙엽 밟는 소리도 느껴봅시다
겨울날의 하얀 발자국도 느껴봅시다

살아 있다는 것이 얼마나 큰 기쁨입니까
충분하게 느끼고 누리며 살아가십시다
내가 더 행복하단걸 느끼실 것입니다
자신을 사랑하며 감사며 행복하십시다.

우리아기 서연이

– 한옥련

우리 아기 이름은 서연이다

아침 이슬방울처럼 맑은 눈망울
눈 마주 쳐도 쌔액 웃고
자다가도 쌔액 웃고
목욕을 시켜도 울지 않는다

우리 아기 서연이의 웃음은
알지 못하는 세상에서 수양이 되어 왔니?

아가야, 너와 같이 웃다가
내 얼굴 주름살 다 펴지는구나!

봄바람에 살랑이는 연둣빛 나뭇잎에
우리 아기가 웃는다

나도 따라 웃는다.

한옥련
1952년 생
강원도 영월 출생
한국방송통신대학교(교육과)
문해교사
표창 : 강동구청장

나쁜 가을

— 한용희

네 이놈 가을아……
나의 육신과 몰골을 해마다
처참하게 반쪽으로 갈라놓고

네놈은 나 몰라라 바람과 함께
잽싸게 사라지려 하는구나
네놈 덕에 우울과 고독과 처절함에
숨도 못 쉬고 밥은 고사하고
그저 물과 술로 채우고 버티건만……

네놈은 일말의 자비 없이
매우 처량한 이 몸을
아무 저항 없이 변기 속에
떠밀려 갈 수 밖에 없는 휴지로 만들어
나를 삭혀버리는구나

한용희
1970년 생
경기 의정부 출생
들풀문학 동인
프리랜서 활동

늦가을의 허상

- 한용희

가을 산들아
가는 길이 그리 서럽더냐
온 천하를 휘황찬란 천의 색으로
마지막 종지부를 찍는구나

가을 하늘아
늘 청명을 품고 살던 네가
왜 자꾸 나약해지며
회색빛으로 변해가느냐
동지섣달이 그리 두렵더냐

가을 구름아
네놈은 대체 무엇이기에
하릴없이 잠만 자느냐
장대 폭우를 퍼부어
숨쉬기 버거운 모든 산야를
익사시키던……

마지막 꽃잎에 입 맞추고
노루꼬리보다 짧게 남은
그 향기를 훔치기 라도 하지……

늙고 메마르는 가을

- 한용희

하늘은 높고 말은 살찐다는 가을
가을걷이로 풍요한 대지와 풍성한
수확으로 온 천하가 웃음 지을 때
누구는 늙고 메말라간다

명을 다한 누런 낙엽들이
심술궂은 쎄한 바람에 장지도 없이
갈팡질팡 허우적허우적 죽어가듯

누구는
마음 둘 곳 못 찾고 금방 다가올
저승사자 같은 동지섣달이
무서워 부들부들 숨을 곳을 찾아
갈팡질팡 메마르며 늙어간다

그렇게 늙고 메마를 수밖에 없는
늦가을이 마냥 싫고 밉다.

동지섣달

- 한용희

동지섣달 긴 긴 밤
죽은 엄마는
노느니 염불이나 한다면서……

어린 나의 머리털을 이리저리 휘저으며
이와 서캐를 손톱으로 꼭꼭 눌러 잡아 죽였다
툭툭 이와 서캐가 나자빠지는 소리가 들린다

엄마 손은 그깟 방역차에
비할 바가 아니다 명약이다

아아악!!
이따금 나는 아프다고 징징대고
엄마는 가만있으라 야단친다

한참을 잡고나선
이젠 시원할거다
하시면서 웃으시곤 했다

머리가 얼얼하고 따갑지만
묘하게도 진짜 시원하고 개운한
청량감이 들어 멋쩍게 머릴 긁적인다

그렇게 동지섣달 긴긴밤을
죽은 엄마와 나는 이와 함께
오손도손 사투 아닌 사투를 벌이며
보내야만 했었다.

자전거와 아버지

처음 자전거 배울 때
넘어지고 다치고 울었다

걸음마 배울 때도 그랬겠지
11살에 자전거를 배웠다

아버지가 뒤에서 잡아주시고
몇 번을 넘어지며 한바퀴 두바퀴
힘껏 페달을 밟는다
앞으로 쭈…욱 쭈…욱 ^^

소리쳐 물어본다
아버지!
나 자전거 잘 타지?
응 멀리서 대답 하신다

그래, 우리 딸 잘 타는구나!
지금 생각해보니
세상을 열어주셨다
어마나!
겁이 난다

나 혼자 달리고 있었다
뒤 돌아 보면 안 돼!
앞으로 힘껏 페달을 밟는다

아버지가 지금도

함께 달린다
예쁜 내 딸 최고구나!
잘 타고 있네!

소녀는
그렇게 달리다 어느새 어른이 되었다.

황금선
1960년 생
경북 영주 출생
들풀문학상 수상
주부

검정고시

- 황금선

책장 속에 잠자던
검정고시 참고서를 꺼냈다
몇 해 전, 합격과 동시에 내 손에서
버려진 검정고시 참고서들

손 때 묻고
연필 체크로 만신창이가 된
기출문제 모의고사 족집게 등
지금 다시 보니
흰색종이 검은 건 글씨 뿐
다시 하라면 이젠 못하네

그래도 내 인생 최고의 인연은
검정고시 아닌가
나를
세상 밖으로 나올 수 있게
도와준 고마운 과정이다

영영 모르는 사람들과
동문 선,후배가 되어
벗들이 되고
함께 살아가는 지혜를 터득하며
울고 웃고 부대끼며 소통하며
오늘도 내 이름 기억해 불러주는
인생 길동무하며 성실히 살아가련다

검정고시는 참 고마운 나의 길을 열었다.

믹스커피

늦가을 이른 아침
차창으로 들어오는
싸늘한 공기가
멍한 정신을 깨운다

터미널 근처에
길 커피 한잔
500원의 행복 이다

음…
은은하게 풍겨오는
커피향
따끈한 한 모금에 하루의
기운이 살아난다

설탕과
프림이
적당히 잘 섞인 한잔의
믹스커피

너무 쓰지 않고
너무 달지도 않고

우리네 인생도
한잔의 믹스커피처럼
알맞은 조화를 이루며
살아갔으면 좋겠다.

그대의 향기

- 황정원

눈에서 멀어진 그대
잊힌 줄 알았더니

떠나면서
정 하나를
남기고 가셨는지

언제나
눈 감으면
은은한 향기

그대의 향기

황정원
1955년생,
대구 출생
호산대학교 사회복지전문학사
대구교대 시문예 창작 52기 수료

그래도 행복한 한가위

- 황정원

한가위가 다가오면 걱정이 태산이다

가지가지 부침개에 추석 명절음식
언제 다 만들까?

추석 한바탕 난리가 나고 떠나면
남은 음식, 버리기는 아깝고…

먹을 것 귀하던 지난 날
사촌들이랑 옹기종기 둘러앉아 송편 만들고
찌짐을 구울 때 할머니는
"어멈아! 산 조상을 먼저 먹여라"하시면서
우리들에게 찌짐 부스러기를 먹였다

세월 흘러
며느리는 상전이고
나 홀로 굽는 찌짐

우선 막걸리 한 사발에 목을 축이니
제멋대로 구워지는 찌짐
할머니가 보시면
손주 생각에 어멈 찾겠지.

가을밤

- 황정원

그믐 내려 앉아
산을
품어 잠들고

싸늘한 바람 불어
매미소리
잦아든 밤

귀뚜라미 울음소리에
옛 추억
슬며시 다가오네.

편집장 후기

그리움은 언제나 저 들판의 꽃이되어 오늘을 맞이합니다

문학촌 들풀문학은 검정고시인의 긍지이자 살아온 삶의 향기를 펼치는 문학의 장입니다. 시는 삶의 문학이라고 했습니다.

우리의 지난시절 아침 이슬을 벗삼아 희망으로 달려온 우리들의 눈물이 이제 아름다운 추억이 되어 문학으로 꽃을 피워 흔적을 남깁니다

들풀은 슬픔과 고통사이 끊임없이 피어나고 아름다운 꽃으로 피어 들풀의 주인이 될 것입니다. 넓은 세상의 씨앗이 되어 온 세상을 아름답게 피어날 것입니다.

들풀문학 "들풀 꽃이 피다"에 늘 응원과 후원해 주시는 검정고시총동문회 문주현회장님과 김광운 문학촌장님 감사드리고, 특별히 소설가이시며 한국문인협회 이광복 이사장님 축사와 용혜원시인, 장충렬시인, 이택근시인, 성용환시인, 김세정 화가, 박판수 사진작가, 이희숙 화가 님이 초대작가로 참여해 주시어 더욱 뜻 깊은 문학지가 되었습니다. 감사합니다.

들풀 "꽃이 피다" 동인시집이 널리 들풀처럼 아름다운 삶의 향기가 되어 많은 분들에게 희망이 되기를 바랍니다.

들풀문학 동인시집 문학지에 참여하신 많은 작가님들 수고하셨습니다.

들풀문학 "들풀 꽃이 피다"
문학촌 대외협력위원장, 편집장 김현안 (시인,수필가)

편집위원 후기

2020년 검정고시동문회도 새로운 마음으로 동문간에 더 좋은 관계를 만들고자 고뇌하고 희망을 노래하고자 하는것 같습니다. 들풀문학 동인시집을 발행하면서 2020년 신년 새해 뜻깊게 장식하고자 출판 원고 마감기간을 정해놓고 동문님들의 글들을 보며 각자 살아온 삶을 엿볼수 있었습니다.

원고를 정리하면서 소중한 글들이 아름다운 시집으로 승화되고자 긴장하며 편집과 교정과정에서 원고들 한 글자라도 오타 생길까 신경을 곤두세워야 했습니다

너무나 좋은 글들 과 소중한 삶의 진국들이 많은 분들에게 전달되고 우리 동문들간의 관심과 우정이 더욱 쌓이는 계기가 되리라봅니다. 모든 분들 수고와 배려해 주시어 감사합니다 들풀 꽃이 피다 책이 출간되어 함께 나누고 널리 알리어 의미 있는 시집으로 승화되길 희망합니다. 감사드립니다.

들풀문학 "들풀 꽃이 피다"
문학촌 운영위원장, 편집위원 이정순 (시인)